GOLDMANN

Buch

An der Grenze von Neusüdwales in Australien liegt ein toter Mann im Sand: erschossen mit einem Winchester-Gewehr. Der Sandsturm hat alle Spuren verweht...
Kriminalinspektor Napoleon Bonaparte soll den Mordfall aufklären. Der berühmte »Bony« verdingt sich als Landarbeiter. Überall lauert Gefahr auf ihn...

Autor

Arthur W. Upfield, geboren 1888 in England, wanderte nach Australien aus und bereiste per Anhalter diesen Kontinent. Seine dabei als Pelztierjäger, Schafzüchter, Goldsucher und Opalschürfer gewonnenen Erfahrungen fanden Eingang in 28 Kriminalromane. Hauptfigur ist der sympathische Inspektor Bonaparte, der mit faszinierender Findigkeit verzwickte Situationen und menschliche Probleme zu entwirren versteht. Upfield starb 1964, und »Reclams Kriminalromanführer« meint zu seinem schriftstellerischen Lebenswerk: »Seine Krimis gehören zum Besten, was die australische Literatur zu bieten hat.«

Von Arthur W. Upfield außerdem im Goldmann Verlag:

Bony kauft eine Frau. 263 · Bony stellt eine Falle. 1168 · Bony übernimmt den Fall. 2031 · Bony und der Bumerang. 2215 · Bony und die Maus. 1011 · Bony und die weiße Wilde. 1135 · Bony wird verhaftet. 1281 · Der Kopf im Netz. 167 · Der neue Schuh. 219 · Der schwarze Brunnen. 224 · Der sterbende See. 214 · Der streitbare Prophet. 232 · Die Giftvilla. 180 · Die Leute von nebenan. 198 · Fremde sind unerwünscht. 1230 · Tödlicher Kult. 5132 · Viermal bei Neumond. 4756 · Höhle des Schweigens. 5147 · Wer war der zweite Mann. 1208 · Die Witwen von Broome. 142

Arthur W.
Upfield

Gefahr für Bony

Kriminalroman

Aus dem Englischen
von Heinz Otto

GOLDMANN VERLAG

Der Originaltitel: »The Lake Frome Monster«

Umwelthinweis:
Alle bedruckten Materialien dieses Taschenbuches
sind chlorfrei und umweltschonend.
Das Papier enthält Recycling-Anteile.

Der Goldmann Verlag
ist ein Unternehmen der Verlagsgruppe Bertelsmann

Umschlaggestaltung: Design Team München
Umschlagmotiv: Bavaria / Stock Imagery, Gauting
Satz: IBV Satz- und Datentechnik GmbH, Berlin
Druck: Elsnerdruck, Berlin
Krimi 2289
Ge · Herstellung: Sebastian Strohmaier
Made in Germany
ISBN 3-442-02289-4

5 7 9 10 8 6 4

1

Ein schwacher Schimmer am Horizont kündigte den neuen Tag an. Da zerriß das Peitschen eines Schusses die Stille, und die Wildvögel, die rings um den See in den Bäumen hockten, flatterten erschrocken auf. Minutenlang schwirrte der Himmel von erregtem Flügelschlagen. Es war noch zu dunkel, um die Känguruhs zu sehen, die mit gewaltigen Sprüngen in den nahen Busch flüchteten. Dann senkte sich erneut die Stille der unermeßlichen, menschenleeren Weite Inneraustraliens über das Land östlich des Lake Frome.

Ein einsamer Brachvogel ließ seinen melancholischen Ruf erklingen, aber der Mann, der neben dem Bach auf dem Gesicht lag, hörte ihn nicht. Er war tot. Aus dem Kochgeschirr sickerten die letzten Wassertropfen in den Sand. Einige hundert Meter entfernt flackerte das Lagerfeuer, erlosch langsam, ohne das Teewasser zum Sieden gebracht zu haben. Erst zwei Tage später näherten sich erneut Schritte den Mulgabäumen, bei denen der Mann sein Lager errichtet hatte.

Der Verwalter der Quinambie-Station war ein praktisch veranlagter Mann. Am Morgen des zwölften Juni rief ihn der Eigentümer der großen Rinderfarm, Commander a. D. Joyce, zu sich, um ihm zu sagen, daß Eric Maidstone, der kürzlich auf Quinambie zu Gast gewesen war, nicht auf der Lake-Frome-Station angekommen sei. Der Verwalter hatte sofort vermutet, daß sich Maidstone noch an einem der beiden Brunnen aufhielt, die er auf dem Weg zum Lake Frome passieren mußte.

Maidstone war am Spätnachmittag des siebten Juni auf der Quinambie-Station eingetroffen. Er sei Lehrer, hatte er erklärt, und habe gerade Ferien. Joyce hatte neugierig das schwerbeladene Motorrad betrachtet. Er benütze seinen Urlaub dazu, hatte Maidstone die stumme Frage beantwortet, einige Zeitschriftenartikel zu schreiben. Er fotografiere auch und habe kürzlich den Auftrag erhalten, an den Wasserstellen im Inneren Australiens Tiere aufzunehmen, die während der Nacht zur Tränke kamen. Joyce hatte ihn sofort eingeladen, auf Quinambie zu übernachten. Als Maidstone erwähnte, daß er beabsichtige, die Lake-Frome-Station zu besuchen sowie die Wasserstellen der Umgebung und den Lake Frome zu fotografieren, hatte ihm der Verwalter ausführlich Auskunft über die Landschaft und die einzuschlagende Route geben müssen.

Der Landstrich, den Maidstone passieren mußte, war in gewisser Hinsicht selbst für australische Verhältnisse ungewöhnlich.

Die Quinambie-Station lag auf der Ostseite des dingosicheren Zauns, der die Bundesstaaten Südaustralien und Neusüdwales trennte. Dieser Zaun war rund 375 Meilen lang und endete am Murray River. Zwischen dem Stammsitz von Quinambie und dem Zaun lag ein artesischer Brunnen, der allgemein als ›Brunnen 9‹ bezeichnet wurde. Fast unmittelbar auf der anderen Seite des Zauns befand sich ›Brunnen 10‹. Ungefähr 50 Meilen westlich davon lag der Stammsitz der Lake-Frome-Station, und nach weiteren 15 Meilen gelangte man zu dem See, dem diese Rinderfarm ihren Namen verdankte. Quinambie umfaßte ein Gebiet von 100 Quadratmeilen, die

Lake-Frome-Station 60 Quadratmeilen. Doch nicht nur große Entfernungen spielten in dieser Gegend eine Rolle.

Die hier ansässigen Eingeborenen berichteten von einem mordenden Kamel, das bereits legendär geworden war. Nun sind fast alle Kamele widerspenstig und übellaunig, aber dieses verwilderte Kamel sollte so erbost auf alle menschlichen Wesen sein, daß es ohne jeden Anlaß sofort angriff. Es hieß daß es sich um das größte Kamel handle, das je im Innern Australiens gesehen worden sei. Die Eingeborenen sprachen vom ›bösen Geisterkamel‹, und diejenigen, die westlich des Zauns wohnten, achteten darauf, bei Sonnenuntergang in ihrem Camp zu sein.

Die Farmarbeiter auf der Ostseite des Zauns hielten derartige Geschichten allerdings für reichlich übertrieben und hatten das Kamel scherzhafterweise ›Das Ungeheuer von Lake Frome‹ getauft. Die Bewohner der rings um das fragliche Gebiet liegenden Viehstationen berichteten allerdings übereinstimmend, das fürchterliche Brüllen des wilden Kamels gehört zu haben. Besonders durch die nächtliche Stille wurde es weit getragen, und die Viehhirten in ihren einsamen Hütten vernahmen dann deutlich das Gebrüll.

Nachdem der Verwalter von Joyce gehört hatte, daß Maidstone vermißt wurde, fuhr er mit dem Lastwagen los und holte zunächst aus dem Eingeborenencamp von Quinambie zwei Schwarze. Sie sollten als Tracker fungieren und die Spur von Maidstones Motorrad verfolgen. Bis zum ersten Brunnen war die Spur deutlich zu erkennen. Die Eingeborenen erklärten, daß der Lehrer hier angehalten und auf einem Lagerfeuer Tee bereitet habe. Vermutlich hatte Maidstone bei dieser Gelegenheit auch einige Aufnahmen gemacht. Nach dem Brunnen war die Spur nur noch schlecht zu erkennen, trotzdem folgten ihr die schwarzen Tracker ohne Schwierigkeit. Sie führte zum Tor im Dingozaun und von dort zum nächsten Brunnen. Gleich hinter dem Gattertor waren die im Sand deutlich sichtbaren Reifenspuren von den Hufen einer großen Rinderherde zertrampelt worden, doch als sich der Lastwagen dem Brunnen näherte, entdeckten die Männer am Rand einer Gruppe von Mulgabäumen das Motorrad. In der Nähe der Maschine fanden sie Überreste eines Lagerfeuers, und an einem Ast hingen Maidstones Kamera und der Wassersack.

Ungefähr auf halbem Weg zwischen dem Motorrad und dem kleinen See, in den das Wasser des artesischen Brunnens floß, stießen sie auf Maidstones Leiche. Der Mann lag, mit dem Gesicht nach unten, im Sand. Der Westwind, dessen Gewalt von Stunde zu Stunde zunahm, hatte die Beine bereits teilweise zugeweht.

Der ältere der beiden Eingeborenen wandte sich an den Verwalter.

»Böses Geisterkamel weißen Mann umgerannt und totgetrampelt«, sagte er.

Der Verwalter schnaubte verächtlich und wies die beiden Schwarzen an, die Leiche umzudrehen. An der Windjacke klebte Sand, und der große dunkle Fleck auf der Brust ließ nicht den geringsten Zweifel, auf welche Weise Maidstone ums Leben gekommen war.

»Kamele haben keine Gewehre«, erklärte der Verwalter.

Er befahl den Eingeborenen, eine Plane von dem Kleinlaster zu holen und den Toten zuzudecken. Die Polizei hatte es nicht gern, wenn Krähen und Adler die Ermittlungen allzu sehr erschwerten. So schnell es das Gelände zuließ, fuhr der Verwalter mit seinen beiden schwarzen Begleitern zum Herrenhaus zurück. Dann wurde die Funkanlage bei der wie bei einem Fahrraddynamo der Strom durch Betätigung von Pedalen erzeugt wurde – in Betrieb gesetzt und die Polizei von Broken Hill verständigt.

Die Polizeibeamten machten sich sofort mit einigen schwarzen Spurensuchern auf den Weg. Am Tatort angekommen, errichteten sie ein Zeltlager, und die Eingeborenen umrundeten die Leiche in immer größeren Kreisen, um die Spur des Mörders aufzunehmen. Als die Dämmerung hereinbrach, kehrten die zum Lager zurück, ohne etwas gefunden zu haben. Der Westwind hatte inzwischen eine solche Stärke erreicht, daß an ungeschützten Stellen sogar die tiefen Hufeindrücke der Rinder mit Sand zugeweht worden waren.

Obwohl dadurch die Arbeit der schwarzen Tracker praktisch unmöglich geworden war, meldete doch einer von ihnen, zwischen weiter entfernt stehenden Bäumen und Salzdornbüschen Kamelspuren gefunden zu haben. Er war der Ansicht, daß sich das Kamel dem Brunnen von Norden genähert und anscheinend an der Stelle gesoffen habe, wo der Sand des Bachbetts den größten Teil des Salzgehalts aus dem Wasser herausgefiltert hatte. Außer dieser Kamelspur und den Hufeindrücken der Rinder entdeckten die Schwarzen keine brauchbaren Spuren. Die Polizeibeamten verhörten alle Zaunarbeiter und Viehhirten, die sich in der Umgebung aufgehalten hatten, aber weder diese Ermittlungen noch die gerichtliche Untersuchung konnten das Rätsel um Maidstones Tod lösen. Die Familienangehörigen des Ermordeten vermochten sich beim besten Willen nicht vorzustellen, daß es einen Menschen geben sollte, der dem Lehrer nach dem Leben getrachtet hatte. Es war deshalb kein Wunder, daß der Untersuchungsrichter lediglich verkünden konnte, Maidstone sei von einer oder mehreren unbekannten Personen ermordet worden.

Fred Newton war als Zaunwart für die Instandhaltung des Nordabschnitts des Dingozauns verantwortlich. Dieser Abschnitt war 200 Meilen lang und begrenzte auch die Lake-Frome-Station. Für die zwölf Männer, die den Zaun laufend zu kontrollieren hatten, war Newton nicht nur der Vorgesetzte, sondern auch die einzige Verbindung zur Außenwelt. Er war ein großer schlanker Mann Anfang Fünfzig, und sein pechschwarzer Bart war weiß gestreift. Gewöhnlich kniff er die Augen zusammen, denn das Sonnenlicht war grell, und der Wind trieb Sandschleier vor sich her. Newton war einer von jenen Männern, mit denen ein Untergebener prinzipiell keinen Streit beginnt.

Genau wie seine Leute benutzte auch er zum Transport des Gepäcks Kamele. Drei Wochen nach Auffindung von Maidstones Leiche machte er sich mit seinen drei Tieren auf den Weg, um die fällige Inspektion des Zaunabschnitts beim Lake Frome vorzunehmen. Auf dem Weg nach Norden entließ er den Fencer, der für den Unterabschnitt südlich von Quinambie verantwortlich war. Gemeinsam machten sie sich zum Stammsitz der Viehstation auf, wo der Mann von Newton den ihm noch zustehenden Lohn erhielt, so daß er noch das Postauto nach Broken Hill erreichen konnte.

Diesmal erwartete Newton nicht nur den Postsack, sondern auch einen Passagier. Er musterte aufmerksam den Mann, der aus dem Postomnibus kletterte.

Der Ankömmling war das pure Gegenteil von Newton. Er war glatt rasiert, hatte einen elastischen Gang und leuchtend blaue Augen, die alles zu durchdringen schienen. Der Straßenanzug und die Schuhe verrieten den Städter, doch die dicke Deckenrolle, die er aus dem Bus holte, zeigte gleichzeitig, daß er mit dem Leben im Busch wohlvertraut war. Er legte das Bündel auf das Gerüst eines Wasserbehälters, damit es vor den herumschnüffelnden Hunden geschützt war. Als er sich umdrehte, stand Fred Newton vor ihm.

»Sie sind der neue Fencer?« fragte Newton bedächtig.

»Ja, ich bin der neue Zaunarbeiter. Sie sind vermutlich Fred Newton. Mein Name ist – vorübergehend – Bonnay, Edward Bonnay.«

»Im Moment ist man mit der Post und den Aufträgen für den Busfahrer beschäftigt. Da können wir zunächst in Ruhe einen Becher Tee trinken, bevor Sie Ausrüstung und Proviant fassen. Die Kamele liegen dort drüben.«

Der Mann, der sich im Augenblick Edward Bonnay nannte, besah sich die Farmgebäude von Quinambie. Da war das aus Holz errichtete Herrenhaus mit der riesigen Veranda. Ein Maschendrahtzaun schützte Haus und Garten vor Vieh und Kaninchen. Hinter dem Herrenhaus lagen die Maschinenschuppen, die Vorratslager, Scheunen und Arbeiterbaracken. Dicht beim Herrenhaus, zwischen einigen Mulgabäumen, waren die Hundehütten der zahlreichen Kelpies untergebracht. Kein australischer Viehzüchter würde sich je von seinen treuen Schäferhunden trennen. Wie auf den meisten Farmen, genossen auch hier einige das wohlverdiente Gnadenbrot und das Vorrecht, im Kombiwagen mitfahren zu dürfen, während ihre jüngeren Artgenossen nebenher rannten. Alles wirkte sauber, zeugte von der Tüchtigkeit des Besitzers. Das Herrenhaus war erst kürzlich frisch gestrichen worden. All dies erfaßte der Fremde mit einem kurzen Blick, während er neben Newton zur Rückseite des Herrenhauses schritt.

Hinter dem Maschinenschuppen lagen fünf Kamele und käuten zufrieden ihr Futter wieder. Sie waren mit Reit- und Packsätteln versehen. Einige Meter weiter brannte ein Lagerfeuer. Die Flammen leckten an einem mit Wasser gefüllten Feldkessel. Es war ein herrlicher Tag, frei von Staub und Hitze. Während die beiden Männer darauf warteten, daß das Wasser zu sieden begann, zog Edward Bonnay einen Umschlag aus der Tasche.

»Das Original dieses Schreibens haben Sie vermutlich erhalten?« fragte er.

Newton nickte. Vor einer Woche hatte er den Brief bekommen.

»Der Polizeichef von Broken Hill sagte mir, daß ich mit Ihrer vollen Unterstützung rechnen könne«, fuhr Bonnay fort und warf das Schreiben ins Feuer. »Und daß Sie absolutes Stillschweigen bewahren würden. Er sagte mir ferner, Sie würden es so einrichten, daß ich an dem östlich des Brunnens gelegenen Zaunabschnitt arbeiten kann. Also ganz in der Nähe der Stelle, an der Maidstone ermordet wurde. Ich bin auf derartige Fälle spezialisiert, muß mich aber genauestens mit dem Tatort vertraut machen.«

»Wenn ich Sie recht verstehe, möchten Sie inkognito bleiben«, meinte der Zaunwart mit seiner näselnden Stimme. »Okay. Von mir wird kein Mensch erfahren, daß Sie Kriminalbeamter sind. Ja, ich habe alles veranlaßt. Der Mann am Südabschnitt hat nicht viel getaugt. Ich habe ihm kurzerhand gekündigt. Ihn lasse ich durch den Mann ablösen, der jetzt beim Brunnen arbeitet, so daß Sie seinen Abschnitt übernehmen können. Verstehen Sie etwas von Kamelen?«

»Ich habe eine gewisse Erfahrung mit Kamelen«, erwiderte Kriminalinspektor Napoleon Bonaparte mit ungewohnter

Bescheidenheit. »Sie erwarten vermutlich, daß ich am Zaun arbeite?«

»Und ob! Es ist der schlimmste Abschnitt des ganzen Zauns. Aber wenn Sie den Fall bis zum August aufklären, kommen Sie um die schlimmsten Stürme herum. Der Wind ist unser größter Feind. Wie lange werden Sie, Ihrer Meinung nach, für die Aufklärung des Mordes benötigen?«

»Das kann eine Woche dauern, aber ebensogut ein Jahr.«

»Oho, Sie gehören zu den Leuten, die niemals aufgeben!« Newton musterte Bony abschätzend. »Nun, wenn Sie Ihre Arbeit nicht machen, kann ich Sie am Zaun nicht gebrauchen. Für mich kommt zuerst der Zaun und dann nochmals der Zaun. Der Mord interessiert mich nicht.« Er warf eine Handvoll Teeblätter in den Kessel, ließ das Wasser noch eine volle Minute sieden, dann nahm er den Kessel vom Feuer. »Haben Sie schon einen Verdacht?«

»Nein. Sie vielleicht?«

»Ich habe beim besten Willen keine Ahnung. Mir ist die ganze Sache schleierhaft. Dieser Mann hat keinem Menschen etwas zuleide getan. Warum sollte ihn also jemand erschießen?« Newton rührte den Tee um, wartete, bis sich die Blätter gesetzt hatten, und füllte zwei Becher. Dann nahm er aus seiner Lebensmittelkiste eine Dose Milch und eine Büchse Zukker. »Es heißt daß er zum Lake Frome wollte. Ich verstehe nur nicht recht, was er dort wollte. Angeblich wollte er Fotos machen. Aber dort draußen gibt es nur Sand, Salz und Schlamm, und man muß schon eine riesengroße Geduld aufbringen, um überhaupt einmal ein Tier zu sehen. Waren Sie schon mal am Lake Frome?«

»Nein. Aber ich habe einmal mitten im Lake Eyre einen Mörder gestellt.« Bony lächelte. »Ich kann mir nicht vorstellen, daß der Lake Frome schlimmer sein sollte. – Was ist eigentlich der Fencer, dessen Abschnitt ich übernehmen soll, für ein Mensch?«

»Mit den Abos kommt er sehr gut aus, denn er ist selbst zu drei Vierteln Eingeborener. Er hat Frau, Kinder und einige Verwandte dabei, die für ihn arbeiten. Er kommandiert lediglich. Heute müßte er mit seinen Leuten zum Basislager kommen. Sie übernehmen das Gerät und zwei von seinen Kamelen, weil die Tiere an diese Gegend gewöhnt sind.«

»Wo liegt dieses Basislager?«

»Von hier aus zwei Meilen in Richtung zum Zaun. Der Zaun ist fünf Meilen entfernt. Einmal im Monat holen Sie sich Fleisch und Proviant. Das Fleisch erhalten Sie kostenlos, alles übrige wird in Rechnung gestellt. Haben Sie ein Gewehr mitgebracht?«

Bony schüttelte den Kopf. Daß er einen Dienstrevolver bei sich hatte, erwähnte er wohlweislich nicht.

»Sie müssen unbedingt ein Gewehr haben. Man weiß nie, ob man es nicht plötzlich braucht. Ich besitze eine Winchester und eine Savage. Ich werde Ihnen die Winchester leihen. Die Munition müssen Sie sich drüben im Store kaufen. Ich bin im Moment etwas knapp damit. – Übrigens, ich habe gehört, daß Maidstone mit einer vierundvierziger Winchester erschossen wurde. Die Polizei hat sich für alle Winchesterbüchsen interessiert.«

Bony ging über diesen Punkt geflissentlich hinweg.

»An den Grenzzäunen von Westaustralien müssen die Fencer über den zurückgelegten Weg und die ausgeführten Arbeiten genau Tagebuch führen«, fuhr er statt dessen fort. »Ist das hier auch so?«

»Nein. Haben Sie denn schon mal am Zaun gearbeitet?«

»Ja. An der Grenze nach Westaustralien. Mein Abschnitt hatte eine Länge von hundertvierundsechzig Meilen.«

»Hier ist Ihr Abschnitt nur elf Meilen lang. Sobald Sie den Zaun gesehen haben, wissen Sie auch, warum er so kurz ist.«

»Sie besitzen also keinerlei Aufzeichnungen, wo sich Ihre Fencer jeweils aufgehalten haben – zum Beispiel an dem Tag, an dem Maidstone erschossen wurde?«

»Nein, leider nicht.«

»Wo waren Sie denn am neunten Juni?«

»Rund sechzig Meilen weiter unten. Ich kontrollierte den Zaun in nördlicher Richtung.«

»Einer Ihrer Fencer, Nugget Early, konnte seine genaue Position nicht angeben, als er von der Polizei verhört wurde«, fuhr Bony fort. »Vermutlich hat er in der Mitte seines Abschnitts kampiert, also südlich des Tatorts und einiger Sandhügel. Der Fencer, der an dem nördlich anschließenden Zaunabschnitt arbeitet, befand sich angeblich am sogenannten Zehnmeilenpunkt. Könnten diese Angaben stimmen?«

»Ich kann sie nicht widerlegen«, antwortete Newton. »Übrigens, Early ist der Mann, den Sie ablösen. Worauf wollen Sie eigentlich hinaus?«

»Beide Männer besitzen Winchesterbüchsen. Maidstone wurde mit einer Winchester erschossen. Es ist weiter nicht wichtig, aber ich möchte möglichst alle gemachten Aussagen von Zeugen bestätigt haben. Aus den Akten konnte ich ersehen, daß der zehnte Juni und fast der ganze folgende Tag nahezu windstill waren. Wir haben keinen Beweis dafür, ob Maidstone während des Tages oder während der Nacht getötet wurde. Der Mond ging spät auf – der Mord könnte also auch in der Nacht verübt worden sein.«

»Warum lief Maidstone eigentlich nachts herum?«

»Er hatte von einer geographischen Zeitschrift den Auftrag, Nachtaufnahmen von Tieren zu machen, die zur Tränke kommen. Im Augenblick interessiert man sich sehr für das Innere Australiens. Deshalb kann er durchaus auch bei Nacht am Bach gewesen sein. Die Aufklärung des Mordes ist nur deshalb so schwierig, weil scheinbar jegliches Motiv fehlt. Meine Kollegen aus Broken Hill, die die ersten Ermittlungen angestellt haben, fanden nicht den geringsten Hinweis, obwohl sie volle vierzehn Tage nachgeforscht haben. Aber irgend jemand muß geschossen haben.«

»Da haben Sie allerdings recht. – So, und nun besorgen wir den Proviant. Ich werde Sie im Store einführen. In den Packtaschen am Sattel müssen Proviantsäcke stecken.«

Bony nahm ein halbes Dutzend kräftige Kalikosäcke mit und ließ sich Mehl, Tee und Zucker geben, dazu Preßtabak und Zündhölzer. Er kaufte außerdem ein feststehendes Messer mit Lederscheide und eine Schachtel mit fünfzig Schuß Gewehrmunition. Damit kehrte er zu den Kamelen zurück und verstaute alles in den Packtaschen. Nachdem dies erledigt war, begleitete ihn der Verwalter zum Stationskoch. Der packte ihm in die mitgebrachten Säcke vierzig Pfund frisches Rindfleisch und ein Quantum grobes Salz. Nun hatten sie auf dem Stammsitz der Quinambie-Station alles erledigt und machten sich auf den Weg zum Basislager.

Newton beobachtete zufrieden, wie Bony die Packtaschen festschnallte und die Kamele zum Aufstehen brachte. Dieser Mann kennt sich aus! dachte er.

Am Hals des letzten Kamels baumelte ein Glöckchen, das während des Marsches in gleichmäßigem Rhythmus anschlug. Auf diese Weise brauchte man nicht immer wieder nachzusehen, ob der Strick, der die Tiere miteinander verband, gerissen war.

Die beiden Männer schritten nebeneinander her. Newton hatte die Nasenleine des Leitkamels über dem Arm gehängt. Sobald sie die zum Stammsitz gehörende eingezäunte Weide hinter sich gelassen hatten, wurden die Futterverhältnisse besser. Statt des spärlichen Gestrüpps wuchsen nun saftige Büsche. Der Kamelpfad wand sich über die Sanddünen, und schließlich tauchte in der Ferne eine Gruppe von Eingeborenen auf.

Die Schwarzen umringten vier am Boden kniende Kamele. Sie befanden sich in einer schmalen, flachen Mulde, hinter der sich ein mit Mulgabäumen bestandener Hang erhob. Zwischen den Bäumen war ein an der Vorderseite offener, mit Bambusgras gedeckter Schuppen errichtet.

Die Eingeborenenfrauen nahmen den Kamelen gerade die Reit- und Packsättel ab. Die Kinder tollten umher. Der Herr und Gebieter aber saß auf einer Kiste und rauchte gemütlich seine Pfeife. Unter heftigem Gekläff stürmten vier Hunde auf Newton und Bony zu und begrüßten die Ankömmlinge. Jetzt erhob sich der Schwarze würdevoll und rief die Hunde zur Ordnung. Inzwischen führten die Kinder die Kamele einige Meter zur Seite, fesselten ihnen die Vorderbeine und nahmen ihnen die Nasenleinen ab.

Fred Newton schritt bedächtig den Hang hinauf zu dem Schuppen, wo er die Kamele niederknien ließ. Jetzt erst kam der Eingeborene herüber. Er war untersetzt und hatte kurze, stämmige Beine. Man sah ihm nicht an, daß er weiße Ahnen hatte, aber seine Aussprache war akzentfrei. Zu seiner Hose aus grobem Baumwollstoff trug er ein zerfetztes Hemd. Die Füße waren nackt.

»Guten Tag, Boß.«

»Tag, Nugget. Nun, wie steht es bei dir?« fragte Newton.

Diesmal half Nugget beim Abladen der Lasten, während er bei seinen eigenen Kamelen diese Arbeit Frauen und Kindern überlassen und statt dessen Pfeife geraucht hatte.

»Gut, Boß.« Er lachte laut auf. »Mary hat zwei Dingos erwischt. Für das Geld will sie die Kinder neu einkleiden.«

Wenn man bedachte, daß es für einen Dingoskalp nur zwei Pfund gab, würde sie den Kindern nicht sehr viele Sachen kaufen können. Aber da diese Leute auch im Norden Fallen stellten, erbeuteten sie vielleicht noch einige Felle.

»Nugget, dies ist Ed Bonnay. – Ed, ich möchte Sie mit Nugget bekannt machen.«

Die Männer reichten sich feierlich die Hände.

»Nugget, ich habe diesen Nichtsnutz am Südabschnitt entlassen. Ich möchte, daß du diesen Abschnitt übernimmst und in Ordnung bringst. Ed übernimmt inzwischen deinen Abschnitt.«

»Ist mir recht«, meinte Nugget ohne den geringsten Einwand, dann fügte er – wie um seine Gleichgültigkeit zu erklären – hinzu: »Ed wird schnell merken, was es dort zu tun gibt, wenn er erst einmal Sibirien gesehen hat.«

2

Newton unterrichtete Bony, daß er sich für jeden Sonntag, an dem er arbeitete, einen freien Tag nehmen könne. Normalerweise schlage man dann sein Lager in der Nähe einer Wasserstelle auf. Nugget würde aus diesem Grund mit seinen Leuten zwei Tage hier bleiben. Einen Tag mußte er allerdings gemeinsam mit dem Zaunwart Gerät aussortieren und notwendige Reparaturen ausführen.

Bony war von Nugget nicht beeindruckt, und er ließ sich auch von der zur Schau gestellten Fröhlichkeit nicht täuschen. Dieser Mann hatte zuwenig weißes Blut in seinen Adern, um sich verstellen zu können, dafür aber zuviel schwarzes Blut, um sich vom Aberglauben der Eingeborenen zu lösen. Als es dunkel wurde, hockte er sich an das Lagerfeuer, das Newton und Bony angezündet hatten.

Am Fuße des Abhangs glühte rot das Feuer der Eingeborenen. Es warf die langen Schatten der umherlaufenden Frauen und Kinder über das verdorrte Stachelgras vom vergangenen Jahr, das nur darauf wartete, von einem kräftigen Wind entwurzelt und davongetragen zu werden. Etwas weiter, in der Dunkelheit, ertönte das melodische Geläut der Glöckchen. Dort grasten die Kamele.

»Hast du in letzter Zeit das Ungeheuer gehört, Nugget?« fragte Newton gleichgültig.

»Nein, seit mindestens zwei Monaten nicht mehr.«

»Glaubst du auch, daß das Ungeheuer den Lehrer totgetrampelt hat?«

»Nein«, erwiderte Nugget verächtlich. »Das Ungeheuer ist ja gar kein Kamel. Das Ungeheuer ist ein Tier, wie man es bisher noch nicht zu sehen bekommen hat. Eine Kreuzung zwischen einem Esel und einer verwilderten Kuh, denn es schreit wie ein Esel, brüllt wie eine Kuh und galoppiert wie ein Pferd. Vielleicht hat es sogar Flügel, weil bisher niemand nahe genug herankommen konnte, um es abzuschießen.«

»Wenn das Ungeheuer fliegen kann, warum ist es denn dann noch nie auf dieser Seite des Zauns gewesen?«

»Ich wäre nicht überrascht, wenn es eines Tages herüberkommt«, meinte Nugget verdrießlich. »Die Geschichte, das Ungeheuer sei auf dem Lehrer herumgetrampelt, hat Frankie in Umlauf gebracht. Sie kennen Frankie ja, Boß. Er hat eine rege Phantasie. In Wirklichkeit ist nichts weiter passiert, als daß ein Kamel, das sich irgendwo losgerissen hatte, die Leiche fand und nach ihr getreten hat. Kamele sind nun einmal sehr neugierig.« Er wandte sich an Bony. »Kampieren Sie ja nicht auf der anderen Seite des Zauns, drüben in Südaustralien. Und wenn Sie sich von Brunnen zehn Wasser holen, dann halten Sie die Augen offen!«

»Wurde Maidstone nicht bei Brunnen zehn getötet?« warf Bony ein.

»Jawohl, Ed. Und wie gesagt, lassen Sie sich nicht im freien Gelände überraschen. Bleiben Sie auf dieser Seite des Zauns. Es sei denn, Sie müssen drüben arbeiten.«

»Ich vermute, daß es sich um ein wildes Kamel handelt und nicht um irgendein phantastisches Ungeheuer mit Flügeln«, sagte Newton. »Du erinnerst dich doch, Nugget, wie Billy, der Raufbold, mit seinen Kamelen draußen in der Steppe von zwei wilden Kamelen angegriffen wurde. Es gab ein gewaltiges Durcheinander, bis er eins erschoß und das andere durch einen Streifschuß außer Gefecht setzte, so daß er sich mit seinen Tieren aus dem Staub machen konnte.«

Wehmütig dachte Bony daran, wie sich die Verhältnisse im Innern von Australien geändert hatten. Als sich die afghanischen Kameltreiber eine andere Arbeit suchen mußten, weil ihre Tiere durch das billigere und schnellere Auto verdrängt wurden, ließen sie die Kamele frei. Sie hofften, daß sich eines Tages die Verhältnisse wieder ändern würden, und dann wollten sie die Kamele aufs neue einfangen. Doch die Verhältnisse änderten sich nicht mehr, und niemand kümmerte sich um die Kamele. Die Tiere streiften durch die unermeßlichen Weiten Zentralaustraliens, vermehrten sich enorm und entwickelten sich schließlich zu einer regelrechten Landplage. Man machte Jagd auf sie, um das Problem auf diese Weise zu lösen, doch in den riesigen Wüsten entgingen viele Kamele den Jägern.

»Aus welcher Gegend kommen Sie denn, Ed?« stellte Nugget die unvermeidliche Frage. Die Tätowierungsnarben auf seinem Gesicht verrieten, daß sein Stamm zum Volk der Orabunna gehörte.

»Aus Queensland. Von der Küste nördlich von Brisbane«, antwortete Bony, ohne von der Zigarette aufzublicken, die er sich gerade drehte.

Die schwarzen Augen des Eingeborenen beobachteten den Fremden scharf.

»Ich bin viel herumgekommen«, fuhr Bony fort. »Ich habe in allen australischen Bundesstaaten gearbeitet – nur auf Tasmanien noch nicht. Ich machte gerade in Broken Hill Urlaub, und da hörte ich, daß man am Zaun vielleicht Arbeit finden könnte.«

Bony hoffte, daß diese Erklärung genügte. Als er aufblickte, sah er, wie er von Nugget gemustert wurde. Der Gesichtsausdruck des Eingeborenen verriet deutlich, daß er zu gern gewußt hätte, ob der Oberkörper dieses fremden Mischlings die Tätowierungsnarben der Reiferiten aufwies. Sie befanden sich auf Bonys Rücken, doch der Inspektor hatte keine Lust, sie vorzuzeigen.

»Sie sprachen vorhin von Sibirien. Was ist das?«

Nugget lachte laut auf. Etwas zu laut, dachte Bony.

»Warten Sie nur ab, bis Sie hinkommen, Ed. Warten Sie ab, bis Sie den Everest sehen. Der Boß nennt ihn so, aber dieser

Sandberg ist ununterbrochen in Bewegung. Bei einem ordentlichen Sturm verfangen sich die Stachelgrasbüschel im Zaun, und der Sand türmt sich auf, bis der Zaun kaum noch einen halben Meter hoch ist. Dann müssen Sie die alten Pfosten aufstocken und Draht ziehen, damit der Zaun wieder die vorgeschriebene Höhe erhält. Und wenn Sie das nächste Mal an diese Stelle kommen, sehen Sie, daß ein neuer Sturm den ganzen Sandberg weggeweht hat und der Zaun fünf Meter hoch ist. Also reißen Sie alles wieder runter, was Sie beim letztenmal aufgestockt haben.«

»Das ist ja ein wundervoller Job«, meinte Bony, der annahm, Nugget übertreibe maßlos.

»Ja, das kann man wohl sagen.«

»Na ja, aber oft kommt es nicht vor«, beruhigte Newton. »Nugget wird bald herausfinden, daß der Südabschnitt so wenig Arbeit macht, daß er mit seinen Leuten sechs Tage in der Woche faulenzen kann.«

Die Unterhaltung wandte sich allgemeineren Themen zu. Die Männer sprachen über die vorhandenen Wasserstellen und tauschten Neuigkeiten aus. Bony rauchte schweigend und hörte aufmerksam zu. Auf diese Weise erfuhr er, daß der neue Verwalter der Lake-Frome-Station Jack Levvey hieß. Levvey war erst kürzlich in diese Gegend gekommen. Seine Frau war eine Eingeborene und hatte ihm bereits zwei Söhne geschenkt. Außerdem erfuhr Bony, daß der Mann am nördlichsten Zaunabschnitt ›verrückter Pete‹ genannt wurde, ein Frömmler war und oft seinen Hut auf einen Zaunpfosten stülpte und ihm dann lange Predigten hielt. Außerdem hatte dieser Sonderling die Angewohnheit, am obersten Ende seines Zaunabschnitts, beim sogenannten Dreistaateneck, das Lagerfeuer in New South Wales anzuzünden, die ausgelaugten Teeblätter hinüber nach Queensland zu werfen, Knochen und leere Konservendosen über den Zaun nach South Australia. Leider erfuhr Bony im Verlauf der Unterhaltung nichts, was ihn im Mordfall Maidstone weitergebracht hätte.

Nach dem Stand des südlichen Dreiecks – dem markanten Sternbild am australischen Himmel – zu schließen, war es zehn Uhr, als sich die drei Männer schlafen legten. Obwohl es eine kalte Nacht mitten im Winter war, rollten sie lediglich neben dem Lagerfeuer ihre Deckenbündel auf.

Durch ein Geräusch aufgewacht, hob Bony den Kopf. Er sah, daß Newton sich die Pfeife stopfte. Da aber noch nichts von der Morgendämmerung zu sehen war, drehte sich der Inspektor wieder um und schlief weiter.

Bei Tagesanbruch stocherte Bony in der noch glühenden Asche. Er legte frisches Holz auf, und bald loderten helle Flammen. Eine Stunde später sah er, wie eine von Nuggets Frauen Holz auf das Lagerfeuer der Eingeborenen legte. Kurz danach stand Nugget auf, zündete sich die Pfeife an und wärmte sich, während seine Leute das Frühstück bereiteten und die Decken zusammenrollten. Als die Sonne am Horizont erschien, kam Nugget den Abhang herauf.

»Meine Leute möchten heute nach Quinambie«, verkündete er. »Da Sie mich nicht benötigen, werde ich sie begleiten. Die Kamele brauchen sowieso Wasser. Soll ich Ihnen vielleicht etwas mitbringen?«

Nein, er habe alles, was er benötige, erwiderte Newton.

Die Kamele wurden geholt. Das Leitkamel trug einen Reitsattel, an dem man die Proviantkiste und verschiedene Pakete befestigte, in denen Bony die Dingofelle vermutete. Die Kamele wurden aneinandergebunden, und die Karawane setzte sich in Bewegung. Die beiden Frauen übernahmen die Führung, die Kinder rannten vergnügt hin und her. Nugget aber bildete würdig schreitend den Schluß. Hier war er der Boß.

Newton und Bony verbrachten den Vormittag damit, die Gerätschaften zu sortieren. Reit- und Packsättel wurden untersucht, ob Reparaturen nötig waren, dann kamen die Werkzeuge an die Reihe. Zu Bonys Verwunderung befanden sich eine Heugabel und ein Gartenrechen darunter. Sämtliche Gerätschaften waren von dem Mann benützt worden, den Newton am Vortag entlassen hatte.

Nachdem dies erledigt war, backten die beiden Männer in der heißen Asche des Lagerfeuers das flache, ungesäuerte Buschbrot, dann zerteilten sie die Hälfte des frischen Rindfleisches und salzten es ein.

Bony trug heute seine Arbeitskleidung: einen alten Drillichanzug und elastische Reitstiefel. Der breitkrempige Filzhut sah aus, als habe man damit schon den heißen Kessel vom Lagerfeuer gehoben.

Kurz nach Sonnenuntergang kehrten die Eingeborenen zurück. Die Kinder waren müde, einige klammerten sich an die Höcker der Kamele. Die Packtaschen des Leittiers waren dick aufgebauscht. Offensichtlich hatten die Schwarzen eine Menge eingekauft. Einer der Hunde humpelte. Er war wohl in eine Rauferei verwickelt gewesen. Kurzum – es schien für alle ein herrlicher Tag gewesen zu sein.

Am nächsten Morgen um sieben Uhr führten Bony und der Zaunwart ihre Kamele über den Trampelpfad zum Zaun. Bony standen zwei Tiere zur Verfügung: Rosie war das Leitkamel mit dem Reitsattel, Old George trottete mit dem schweren Packsattel hinterdrein. Sobald die Männer den

Zaun erreicht hatten, wandten sie sich nach Norden. Der Grenzzaun war hier 1,80 Meter hoch und schien nirgends zu enden. Er führte über flache Steppe, und die blaugrauen Blätter der Salzdornbüsche ragten in einen graublauen Himmel, der Wind ankündigte. An seinem oberen Ende wurde der Maschendrahtzaun von zwei Reihen Stacheldraht abgeschlossen. Ein kaum überwindbares Hindernis.

Der dingosichere Zaun sollte, wie bereits sein Name verriet, die Wildhunde abhalten, nach New South Wales einzudringen; er sollte aber ebenso die Heerscharen von wilden Kaninchen abwehren. Bony besaß genügend Erfahrung, um mit einem Blick zu erkennen, daß dieser Zaun in tadelloser Verfassung war. Die flache Steppe wurde von niedrigen Sanddünen abgelöst, das frische Stachelgras schimmerte in sattem Grün. Nirgends waren die abgestorbenen Büschel vom vergangenen Jahr zu sehen. Die Mulgabäume waren verkümmert, genau wie die übrigen Akazienarten. Sie boten also keinen Schutz vor den Westwinden, die aus dem unwirtlichen Gebiet des Lake Frome kamen.

Kurz vor Mittag erreichten die beiden Männer im dichten Busch eine von Nuggets Lagerstellen. Der Eingeborene hatte aus Zweigen einen Windschutz errichtet und mit Draht einige Pfähle zusammengebunden, mit deren Hilfe er jedesmal in kürzester Zeit das Zelt aufbauen konnte. Östlich davon – damit Zelt und Gerät nicht durch Funkenflug gefährdet werden konnten – war die Feuerstelle angelegt. Zwei an den Enden gegabelte Äste steckten senkrecht in der Erde, quer darüber lag eine Stange, an der Drahtschlingen befestigt waren, an denen man das Kochgeschirr über das Feuer hängen konnte.

Newton führte seine Kamele einige Meter weiter und band sie an Bäumen fest.

Bony folgte Newtons Beispiel, ließ Rosie niederknien und nahm seine Proviantkiste vom Vorderende des eisernen Reitsattels.

Newton hatte inzwischen das Lagerfeuer angezündet und füllte den Kessel aus seinem Wassersack.

»Vor einer Stunde sah ich auf der anderen Seite des Zauns Hundespuren«, sagte Bony, während die Männer darauf warteten, daß das Wasser zu sieden begann. »Vermutlich stellt Nugget seine Fallen drüben auf, damit seine eigenen Hunde nicht hineingeraten.«

»So ist es«, pflichtete Newton bei. Dann fügte er lachend hinzu: »Sie werden doch wohl auf unserer Seite des Zaunes keinen Dingo fangen wollen. Der Zaun soll nämlich dingosicher sein... Was halten Sie eigentlich von Nugget?«

»Ein Durchschnittstyp. Für einen Abo, der überwiegend schwarzes Blut in den Adern hat, redet er etwas zuviel. Das deutet auf Verschlagenheit. Hat man eigentlich ihn und seine Leute zum Spurensuchen herangezogen, nachdem Maidstone gefunden worden war?«

»Ich glaube nicht. Er hatte gerade sein Lager bezogen, als es passierte.«

»Wie viele schwere Stürme gab es seit dem Mord?«

»Einen. Er kam gerade, als Maidstone gefunden wurde. Die schwarzen Tracker konnten kaum die Spurensuche beenden, da wehte der Sturm alles zu.«

»Hm! Dann werde ich wohl auch nichts mehr finden.«

Kurz nach dem Mittagessen erreichten sie Sibirien. Das leicht wellige Gelände endete am Fuße einer hohen Sanddüne. Der Zaun führte hinauf und auf der gegenüberliegenden Seite wieder hinunter zu einer schmalen Bodensenke, an die sich die nächste Düne anschloß. Als sie den Kamm dieser Düne erreichten, sah Bony, daß alle Sanddünen in ost-westlicher Richtung und völlig parallel zueinander verliefen. Je weiter die beiden Männer nach Norden gelangten, desto höher und wilder ragten die Dünen auf. In den Bodensenken wuchs nicht ein einziger Busch, aber die Sandhänge waren mit frischem Stachelgras überzogen, und auf den Kämmen standen Salzdornbüsche und windzerzauste Bäume. Diese Dünen wanderten nicht mehr, sie waren längst zur Ruhe gekommen.

Einige hundert Meter weiter erhob sich der Everest mit seiner flachen Kuppe. Nicht ein einziger Baum wuchs dort. Der untere Teil des Zaunes war frei von Gras und Gestrüpp. Hier war der Zaun aufgestockt, der ursprüngliche Zaun längst vom Sand verschlungen. In der Bodensenke, die sie gerade passiert hatten, lagen Ersatzpfosten und Rollen mit Maschendraht.

»Es sind im ganzen sechzehn Dünen«, erklärte Newton. »Ihre Aufgabe ist es, den Boden zu beiden Seiten des Zauns von Pflanzenwuchs freizuhalten. Hacken Sie die Stachelgrasbüschel aus dem Boden und harken Sie das Zeug beiseite, damit der Sand ungehindert durch den Maschendraht geweht werden kann. Sonst verfängt er sich, und im Handumdrehen wächst der Berg weiter.«

»Nugget scheint gute Arbeit geleistet zu haben«, bemerkte Bony.

»Seine Frauen und Kinder machen die ganze Arbeit. Er lümmelt sich nur und raucht Pfeife. Ein behäbiges Leben für einen Familienvater. Sind Sie verheiratet? Haben Sie Kinder?«

»Ich habe Frau und drei Kinder, aber die werde ich nicht herkommen lassen. Der Karnickelzaun Nummer eins in Westaustralien ist noch gewaltiger. Das alte Spinifexgras läßt sich beseitigen, aber Stachelgras gibt es da nicht.«

»Die Grasbüschel verfangen sich in den Maschen des Zauns, türmen sich höher und höher und werden schließlich hinüber nach New South Wales geweht. Sie müssen das Zeug mit der Heugabel über den Zaun werfen, damit es der Wind weitertragen kann.« Newton stopfte sich die Pfeife und zündete sie an. Sein Blick wanderte am Zaun entlang. »Ich hatte drei Jahre lang diesen Abschnitt, bevor ich zum Zaunwart befördert wurde. Es gibt hier nicht einen einzigen Zentimeter, an dem ich nicht im Schweiße meines Angesichts geschuftet hätte. Und wenn Sie bei uns wieder Schluß machen, werden auch Sie jeden Quadratzentimeter Boden bearbeitet haben.«

Sibirien! Eine einmalige Landschaft! Eine Hölle auf Erden, wenn der Sturm jegliche Sicht nahm. Dann wurde man mit Stachelgrasbüscheln überschüttet: Büschel jeder Größe – bis zum vierfachen Umfang eines Fußballes. Und diese Bälle bestanden aus hartem, ausgetrocknetem, messerscharfem Stachelgras.

»Wenn Sie hier draußen allein sind, benötigen Sie unbedingt ein Gewehr«, riet Newton. »Man weiß nie, was einen in der nächsten Senke erwartet. Vielleicht ein Buschtruthahn. Einmal hatte es geregnet, und eine der Senken hatte sich in einen riesigen See verwandelt. Sofort hatten sich dort Hunderttausende von Enten versammelt. Ein andermal habe ich zwei Dingos erwischt. Haben Sie schon mal ein Penentie gesehen?«

»Das ist doch ein Fabeltier, oder?«

»Durchaus nicht. Es hat den Rachen eines Krokodils und den Leib eines gewaltigen Leguans. Wenn Sie einem Penentie begegnen, dann machen Sie einen großen Bogen. Falls Sie schießen wollen, dann nur von der anderen Seite des Zauns. Aber wenn sich Ihre Kamele auf der gleichen Seite wie das Penentie befinden, versuchen Sie es lieber gar nicht erst. Sie können Gift darauf nehmen, daß Sie Ihre Kamele los sind. Die rennen nämlich bis Sydney.«

»Na ja, Sydney liegt doch nur achthundert Meilen weiter östlich«, meinte Bony lachend.

Immer wieder stiegen sie mühsam einen Sandhang hinauf und auf der anderen Seite wieder hinab. Die Kamele bewegten sich mit ihrem schlingernden Gang vorwärts. Als Bony und Newton die letzte Düne erklommen hatten, lag eine weite Ebene vor ihnen, und ein Tor führte durch den Zaun.

»Hier schlagen wir das Lager auf«, erklärte Newton, nachdem sie am Fuß der letzten Düne angelangt waren. »Vermutlich wollen Sie sich zunächst einmal Brunnen zehn ansehen.«

Sie suchten sich eine Stelle, an der viel trockenes Holz herumlag. Dort ließen sie die Kamele niederknien, nahmen ihnen Lasten und Sättel ab. Die Tiere wurden an den Vorderfüßen gefesselt, und die Nasenleinen, die mit hölzernen Pflöcken in den Nüstern befestigt waren, entfernt. Die Säcke mit dem eingesalzenen Fleisch wurden an Aststümpfen aufgehängt, dann marschierten die Männer zum Gattertor.

Auf dieser Seite des Zauns war die Ebene mit Buschwerk bestanden, doch sobald die beiden Männer das Gattertor passiert hatten, hörte der Busch auf. Von einigen Bäumen abgesehen, dehnte sich die Landschaft in wüstenhafter Unendlichkeit. Da lag der Brunnen, und die Sonne brach sich wie in einem funkelnden Diamanten in dem Wasser, das aus dem Stahlrohr sprudelte. Die Luft war so klar, daß man aus dem schmalen Bach den Dunst aufsteigen sah. Die Oberfläche des Sees, in den der Bach mündete, kräuselte sich leicht unter dem Wind.

»Da drüben, gegen diesen Baum hatte Maidstone sein Motorrad gelehnt. Kamera und Wassersack hingen gemeinsam an einem Ast. Die Pflöcke markieren die Stelle, an der die Leiche gefunden wurde. Es sah eigentlich nicht so aus, als ob er bei Nacht erschossen worden ist.«

Newton wartete auf eine Bemerkung Bonys, doch er wartete vergebens. Er beobachtete, wie Bony den Schauplatz des Verbrechens betrachtete und schließlich die Lagerstelle besah.

»Kehren wir zu unserem Campingplatz zurück, Ed«, sagte Newton nach einer Weile. »Die Sonne geht bald unter. Die Kamele tränken wir morgen am Brunnen.«

3

Die Viehherden hatten die Landschaft beim Brunnen 10 verändert. Zuerst hatten die Rinder Gras und niedrige Büsche gefressen, dann waren die Akazien darangekommen – die Blätter hatten als Nahrung gedient, an den abgestorbenen Stämmen hatten sich die Tiere gescheuert. Das Land war gezeichnet. Über toten Tieren und Baumstümpfen hatten sich kleine Sandhügel gebildet. Die Westwinde sorgten dafür, daß die Sandhügel nicht weiter anwuchsen, trugen den Sand zu den hohen Dünen, über die der Zaun verlief. Der Brunnen und der kleine See, in den das Wasser abfloß schienen kaum zweihundert Meter entfernt zu sein, doch Bony wußte genau, daß die Entfernung in Wirklichkeit eine volle Meile betrug. Auf dem ansteigenden Gelände jenseits des Sees weidete braun-weiß geflecktes Vieh.

Bony folgte mit seinen zwei Kamelen dem Zaunwart, der wie üblich seine drei aneinandergekoppelten Tiere führte.

Der Mischling fühlte sich frisch und war bei bester Laune. Tief atmete er die trockene, saubere Luft ein. Der sandige Boden war für die Füße eine Wohltat. Genau wie Newton zog auch er es vor, zu laufen und nicht zu reiten. Er hatte Rosie deshalb gar nicht erst gesattelt. Am meisten aber freute er sich über die schwierige Aufgabe, die ihn hierhergeführt hatte. Hier war Maidstone ermordet worden, und in dieser Gegend mußte etwas zu finden sein, was anderen Augen entgangen war.

Newton blieb neben zwei in den Boden getriebenen Pflökken stehen. Bony trat zu ihm. Diese Pflöcke markierten die Stelle, an der vom Verwalter von Quinambie die Leiche gefunden worden war. Irgendwelche Spuren waren nicht zu entdecken – weder von einem Menschen noch von einem Tier.

»Maidstone lag mit dem Gesicht nach unten, der Kopf dort beim östlichen Pflock«, erklärte der Zaunwart, während er sich Preßtabak für seine Pfeife zurechtschnitt. »Er muß auf dem Rückweg zum Lager gewesen sein.«

»Das läßt sich aus seiner Lage nicht ohne weiteres schließen«, widersprach Bony. »Er kann sich im Fallen umgedreht haben. Er kann also ebensogut zum Brunnen gegangen sein.«

»Die Polizei ist der Ansicht, daß er am See war.«

»Sicher, irgendeine Feststellung mußte man ja schließlich treffen«, meinte Bony sarkastisch. »Mein Hauptgrundsatz lautet: Nichts allein nach dem äußeren Anschein beurteilen. Ich kann mich erst zufriedengeben, wenn ich durch einen Beweis erhärtet habe, in welcher Richtung Maidstone ging, als er erschossen wurde. Wir können natürlich aus unseren Vermutungen eine Theorie aufbauen – und damit lediglich Zeit verschwenden. Die Polizei glaubt, daß er vom See ein Kochgeschirr voll Wasser geholt hat, um den mitgeführten Wasservorrat zu schonen. Das Kochgeschirr wurde neben der Leiche gefunden – selbstverständlich leer, denn Maidstone war ja zu Boden gefallen. So glaubt man. Ich aber will den Beweis.«

»Wird schwer werden«, erwiderte Newton bissig. »Immerhin sind seit dem Mord einige Wochen vergangen.«

Der Zaunwart marschierte weiter. Bony wartete einige Sekunden, damit seine Kamele besser parierten, dann folgte er Newton. Die Glöckchen an den Hälsen der Trampeltiere läuteten, und hoch am Himmel zogen Adler ihre weiten Kreise. Bony war in Hochstimmung, denn dieser komplizierte Fall versprach interessant zu werden.

Als die beiden Männer den Brunnen erreichten, hielten sie an und sahen zu, wie das Wasser aus dem gebogenen Rohr sprudelte. Eine tiefe Kuhle hatte sich gebildet, von der aus das Wasser durch einen Graben zu dem See floß, der sich mit der Zeit gebildet hatte. Dieser artesische Brunnen funktionierte nun schon seit Jahren, und obwohl der Druck etwas nachgelassen hatte, würde er noch viele Jahre Wasser spenden.

»Warum heißt er Nummer zehn?« fragte Bony.

»Der Mann, der die Brunnen gebohrt hat, erhielt den Auftrag, zehn Stück anzulegen. Dies war der letzte. Es ist natürlich nicht die offizielle Bezeichnung.«

Sie zogen mit ihren Kamelen am Nordrand des Baches weiter und folgten dem Seeufer. Sowohl am Rande des Baches als auch am Ufer des Sees hatten sich Mineralsalze niedergeschlagen. Nachdem sie eine Viertelmeile am Ufer des Sees entlangmarschiert waren, bat Bony den Zaunwart stehenzubleiben.

»Sie können sich vermutlich nicht mehr erinnern, welches Wetter an dem Tage herrschte, an dem Maidstone ermordet wurde?« rief Bony.

Newton schüttelte den Kopf. »Aber wenn wir ins Lager zurückkommen, kann ich es Ihnen sagen. Ich führe Tagebuch.«

Sie folgten weiter dem Ufer des Sees. Der Boden war feucht, und bald stießen sie auf Viehspuren. Newton hielt an und führte seine Kamele zum Wasser. Sie schienen ängstlich darauf bedacht zu sein, sich nicht die Füße naß zu machen, und zeigten auch keinen allzu großen Durst. Bony bemerkte, daß Rosie zunächst verächtlich den Kopf zurückwarf, aber Old George soff sofort in langen Zügen.

»Ein Stück weiter dürfte der See gut sechshundert Meter breit sein«, meinte Bony. »Ist das Wasser in der Mitte sehr tief?«

»Nur in der Verlängerung des Grabens. Dort reicht es bis zum Hals. So hörte ich jedenfalls von Nugget. Seine Kinder haben es ausprobiert.«

»Das Ufer ist also ganz flach. Dann kann der Wind allerdings das Wasser ein ganzes Stück weitertreiben. Diese vertrockneten Algen beweisen es. Sie sind – wie am Meer der Tang – angeschwemmt worden.«

»Ihnen scheint nichts zu entgehen«, mußte Newton zugeben. »Manchmal sind viele Enten hier, sogar Schwäne. Viel Futter finden sie ja nicht, aber wenn sie auf dem Durchflug sind, ruhen sie sich gern hier aus.«

Bony hätte diesen künstlichen See gern näher untersucht, doch das mußte warten, bis er allein war. Er stellte auch kaum noch Fragen – nur, wenn er eine Vermutung bestätigt haben wollte. Schließlich erklärte er, daß er bei dieser Gelegenheit auch gleich die Wasserfässer füllen wollte. Es sei nicht nötig, dem Seeufer noch weiter zu folgen.

»Maidstone dürfte sich also ungefähr an dieser Stelle sein

Kochgeschirr gefüllt haben?« fragte er. »Oder was denken Sie?«

»Ja, ungefähr hier. Er brauchte nicht weiterzugehen. Das meiste Salz hat sich abgelagert, das Wasser ist nun überall gleich. Man kann damit gerade noch Tee aufbrühen.«

Nach dem Mittagessen packte Newton seine Sachen zusammen und marschierte in nördlicher Richtung davon, an ›seinem‹ Zaun entlang. Bony nahm Rechen und Heugabel, passierte das Gattertor und arbeitete einige Stunden lang. Er harkte Blätter und Zweige beiseite, hackte Stachelgrasbüschel heraus. Schließlich hatte er sich über drei gigantische Sanddünen hinweggearbeitet und am Zaun entlang eine meterbreite Bahn gerodet. Eine Stunde vor Sonnenuntergang kehrte er ins Lager zurück, fesselte die Vorderbeine der Kamele und ließ sie laufen, damit sie sich ihr Futter suchen konnten. Er zündete Feuer an, und nach dem Abendessen backte er in der Feuerstelle des Camps Brot und kochte für den nächsten Tag gesalzenes Fleisch vor.

Es war ein herrlicher Tag gewesen. Die Fliegen waren nicht zu aufdringlich, die Luft war von einer herben Frische, und die tiefe Stille wurde nur vom Läuten des Glöckchens unterbrochen, das jetzt an Rosies Hals hing. Wenn jeder Tag so erholsam wäre wie dieser, würde ich hundert Jahre alt werden, ging es Bony durch den Kopf. Aber leider ist nicht jeder Tag derart erholsam, und außerdem ist er wie jeder andere um Mitternacht zu Ende, dachte er traurig.

Doch der nächste Tag war genauso schön. Bony setzte seine Arbeit in den Dünen fort. Am darauffolgenden Tag brachte er die Kamele zum See, um sie saufen zu lassen. Nugget hatte ihn darauf aufmerksam gemacht, daß Rosie ungenießbar würde, wenn sie vier Tage lang kein Wasser bekommen hatte, und Old George würde dann während der Nacht trotz der gefesselten Vorderbeine zum nächsten Brunnen humpeln.

Bony beabsichtigte, bei dieser Gelegenheit eine Runde um den See zu machen. Am artesischen Brunnen angekommen, folgte er diesmal dem Ostufer des Baches. Einen Stock in der Hand, das Gewehr umgehängt, entging nichts seinen scharfen Augen. Ab und zu stocherte er mit dem Stock in den Algen, die stellenweise meterweit an Land geschwemmt worden waren – ein Beweis, daß der Wind gelegentlich mit großer Gewalt über die Wasserfläche gefegt war.

Newton hatte anhand seines Tagebuchs festgestellt, welches Wetter am neunten Juni und an den folgenden Tagen geherrscht hatte. Der Wind sei der große Feind für den Grenzzaun, hatte er hinzugefügt, und deshalb interessiere er sich vor allem für die Windverhältnisse. Der Wind sei das große Problem, mit dem er und seine Leute sich herumzuschlagen hätten. Wind und Regen spielten auch bei Bonys Ermittlungen eine große Rolle. In dieser menschenleeren Wildnis hatte es keinen Zweck, nach Fingerabdrücken zu suchen. Wenn er wirklich brauchbare Spuren finden wollte, mußte er vor allem die klimatischen Verhältnisse kennen.

Bony hatte sich in Newtons Tagebuch genau über die Windverhältnisse informiert, und nun stand sein Entschluß fest, den See zu umrunden.

Das Tagebuch hatte folgende Angaben enthalten:

9. Juni: Leicht böiger Südwind.
10. Juni: Brise aus Nordost.
11. Juni: Windstill.

12. Juni: Gegen Abend kommt kräftiger Westwind auf.
13. Juni: Weststurm.
14. Juni: Windstill.

Nachdem Bony die Kamele getränkt und die beiden je zwanzig Liter fassenden Eisenfässer, die Old George auf dem Rükken trug, mit Wasser gefüllt hatte, nahm er sich seine Notizen vor. In der fraglichen Zeit hatte nur an einem einzigen Tag Sturm geherrscht, und zwar Weststurm. Er war stark genug gewesen, um am Ostufer das Wasser mehrere Zentimeter landeinwärts zu treiben. Die Salzablagerungen und die vertrockneten Algen zeigten deutlich, daß an manchen Stellen das Wasser sogar bis zu zwei Metern über das Ufer getreten war. Bony setzte seinen Weg fort, stocherte immer wieder in den Algen herum. Aber er fand nichts – nicht einmal Wasserwanzen oder Fliegenlarven.

Die Rinder, die zur Tränke gekommen waren, hatten zahllose Spuren hinterlassen. Auch Pferdespuren waren zu erkennen. Doch diese ganzen Spuren waren nicht sehr alt, waren bestimmt erst nach dem Weststurm entstanden. Bony fand nicht die geringste Kleinigkeit, die auf die Anwesenheit eines Menschen hätte schließen lassen. Keine Flasche, keinen Korken, keine Zigarettenpackung – nichts. Als Bony zum westlichen Ausläufer des Sees gelangte, wurde seine Geduld belohnt. Er fand zwei Blitzbirnen. Er betrachtete sie, und nachdem er festgestellt hatte, daß sie benützt worden waren, wikkelte er sie sorgfältig ins Taschentuch.

Diese Blitzlampen waren äußerst aufschlußreich.

Die schwarzen Tracker, die vom Verwalter der Quinambie-Station mitgebracht worden waren, hatten erklärt, Maidstone habe am gleichen Tage, an dem er von der Quinambie-

Station aufgebrochen sei, hier sein Lager aufgeschlagen und sei am nächsten Morgen zum See gelaufen, um das Kochgeschirr mit Wasser zu füllen. Aber warum sollte er mit dem kleinen Kochgeschirr Wasser holen? Von den beiden beim Motorrad hängenden Wassersäcken war einer voll und einer leer gewesen. Der Lehrer hätte also auf jeden Fall den leeren Wassersack mitgenommen und das Kochgeschirr höchstens dazu benützt, ihn zu füllen.

Die Kamera des Lehrers hatte neben dem Motorrad an einem Zweig gehangen, und die Polizei hatte festgestellt, daß sie keinen Film enthielt. Bei den sichergestellten Effekten des Toten hatte man zwei belichtete Filme gefunden. Maidstone hatte unter anderem Bilder vom Stammsitz der Quinambie-Station gemacht und eins vom Brunnen 9.

Die benützten Blitzlampen bewiesen, daß er zum See beim Brunnen 10 gegangen war und dort zwei Nachtaufnahmen gemacht hatte. Die Eingeborenen aber, die zur Spurensuche eingesetzt worden waren, hatten nichts von diesem nächtlichen Ausflug erwähnt. Sie mußten jedoch zweifellos die Stelle entdeckt haben, wo der Lehrer auf die zur Tränke kommenden Tiere gewartet hatte. Wenn er nun mit seiner Kamera ins Lager zurückgekehrt wäre, hätte er entweder den belichteten Film herausgenommen und zu den anderen beiden gelegt, oder der nur teilweise belichtete Film hätte sich noch in der Kamera befinden müssen.

Wer also hatte den nur zum Teil belichteten Film aus der Kamera genommen? Was hatte Maidstone in der fraglichen Nacht fotografiert? Und das leere Kochgeschirr! Was hatte er damit gewollt, als er erschossen wurde?

Die möglichen Antworten warfen allerdings neue Fragen auf, die noch schwerer zu beantworten sein würden.

Bony vollendete die Umrundung des Sees, ohne weitere Blitzlampen gefunden zu haben. Aber er sah nun schon bedeutend klarer. Er sah einen Mann, der zum Nordufer gekommen war – mit Kamera und einem Kochgeschirr voll Tee oder Kaffee, um sich während der langen Nacht erfrischen zu können. Lautlos hatte er in der Dunkelheit gesessen, hatte darauf gewartet, einen Dingo oder einen Fuchs, vielleicht auch ein paar Rinder fotografieren zu können, die am See trinken wollten. Zwei Aufnahmen hatte er gemacht, dann war er mit Kamera und leerem Kochgeschirr zum Lager zurückmarschiert. Und auf dem Weg dorthin war er erschossen worden. Der Mörder hatte den Film aus der Kamera genommen und den Apparat an den Zweig gehängt. Aber die Eingeborenen hatten nichts von der Anwesenheit eines zweiten Mannes berichtet, obwohl auch er in dem sandigen Gelände zweifellos Spuren hinterlassen hatte.

Vielleicht hatte Maidstone diesen Unbekannten fotografiert, doch er wollte unbedingt verhindern, daß seine Anwesenheit am See bekannt wurde, so daß er selbst vor einem Mord nicht zurückgeschreckt war. Warum? Dies war ein freies Land. Es konnte keine Rede davon sein, daß Maidstone ein fremdes Grundstück betreten hatte. Außerdem hatte der Lehrer in aller Öffentlichkeit erklärt, bei Nacht an dem See fotografieren zu wollen. Was also konnte der Unbekannte zu verbergen haben, daß er selbst vor einem Mord nicht zurückschreckte?

Bony ging nun zu der Stelle, an der Maidstone sein Lager aufgeschlagen hatte. Ohne zu erwarten, noch einen wichtigen Fund zu machen, suchte er auch hier Meter um Meter sorgfältig ab.

Schließlich kehrte er in sein eigenes Lager zurück, nahm

den Kamelen die Lasten ab und marschierte zu den im Süden seines Zaunabschnitts gelegenen Dünen. Es gab viel zu tun, und so war es bereits vier Uhr, als er endlich die Stelle erreichte, an der er – in der Nähe von Nuggets Lager – mit Newton Tee gekocht hatte. Sechs Meilen vom Gattertor entfernt hatte er sich von dem Zaunwart getrennt, und bis zum Brunnen 10 mußte es ungefähr ebenso weit sein.

Er fesselte die Vorderbeine seiner Kamele, zündete ein Feuer an und setzte sich auf die Proviantkiste. Er trank Tee und rauchte eine Zigarette. Es war Spätnachmittag, und die Sonne spendete angenehme Wärme. Aber es würde eine kalte und klare Nacht geben.

Der Besuch am See hatte zwei Ergebnisse gezeitigt: Bony hatte die beiden Blitzlampen gefunden, und er war in seinem Verdacht bestärkt worden, daß die schwarzen Tracker ganz bewußt alle Spuren des Mörders übersehen hatten. Dies deutete darauf hin, daß ein Stammesangehöriger an dem Verbrechen beteiligt war. Nugget hatte zum überwiegenden Teil Eingeborenenblut in seinen Adern.

Einem Mann wie Nugget würde es nicht viel ausmachen, nach Eintritt der Dunkelheit sechs Meilen zum See zu laufen, dort einige Stunden zu warten und trotzdem noch vor Tagesanbruch wieder in seinem Lager zu sein. Newton, der Zaunwart, hielt sich zu diesem Zeitpunkt viele Meilen weiter südlich auf. Wenn er bis Sonnenuntergang nicht bei Nuggets Lager aufgetaucht war, konnte der dunkelhäutige Fencer mit Sicherheit annehmen, daß der Zaunwart an diesem Tag auch nicht mehr kommen würde.

Bony erhob sich und schlenderte zu dem verlassenen Camp.

Neben den Pfosten, die bei Regen zum Errichten des Zeltes

dienten, hatte Nuggets Familie bei der Feuerstelle einen Windschutz gebaut. Allerlei Abfall lag herum: Papier, leere Konservendosen, zerbrochenes Spielzeug, Känguruhknochen. Ein Weißer würde hier kaum kampieren. Plötzlich entdeckte Bony eine zerbrochene Kamera, aus der ein Stück Film herausragte. Gebißspuren verrieten, daß die Kamera achtlos herumgelegen und einer von Nuggets Hunden darauf herumgekaut hatte.

Der Film hätte nicht in Maidstones Kamera gepaßt.

4

Auf seiner Wanderung nach Süden durchstöberte Bony sämtliche Campingplätze von Nugget, aber außer einer Stoffpuppe und leeren Patronenhülsen fand er nichts Interessantes. Fast alle Eingeborenen hielten ihren Lagerplatz nicht sauber, und Nuggets Familie machte keine Ausnahme.

Bony befand sich bereits ganz in der Nähe des am Südende seines Abschnitts gelegenen Tors, als er von Newton eingeholt wurde. Gemeinsam brachten sie die Tiere zum Brunnen und richteten das Nachtlager her. Zunächst unterhielten sie sich über allgemeine Dinge, doch nach dem Essen machten sie es sich am Lagerfeuer bequem und rauchten.

»Nun, haben Sie bei Brunnen zehn etwas gefunden?« fragte der Zaunwart und strich sich mit dem Pfeifenstiel durch den Bart.

»Nein. Sie haben also bemerkt daß die Kamelspuren durchs Gattertor führten?«

»Ganz recht. Übrigens, ich habe einmal mit Bohnenstange Kent über den Mord gesprochen. Er arbeitet an dem nördlich anschließenden Zaunabschnitt. Ich habe ihm natürlich nicht gesagt, wer Sie sind, aber was er mir da erzählt hat, wird Sie interessieren. Auf Quinambie ist man seit einiger Zeit der Ansicht, daß Vieh abhanden kommt. Man kann es zwar nicht beweisen, aber man glaubt, daß die Leute aus Yandama das Vieh stehlen. Die Yandama-Station liegt nördlich von Quinambie und reicht hinauf bis zum Dreistaateneck. Früher war es üblich, daß die Leute von Quinambie drüben auf Yandama Vieh stahlen, und die Leute von Yandama haben sich die Rinder zurückgeholt – dazu noch ein paar Tiere als Zinsen. Das war damals in der Pionierzeit gang und gäbe.«

»Also eine Art Sport, wie?« murmelte Bony.

»O nein, Ed. Es war tödlicher Ernst. Nun, Bohnenstange Kent erinnert sich, daß er in der fraglichen Zeit eines Nachts rund zehn Meilen nördlich vom Tor beim Brunnen zehn kampiert hat. Mitten in der Nacht wurde er wach, weil auf der anderen Seite des Zauns eine große Viehherde nach Süden zog. Im allgemeinen rührt sich das Vieh nachts nicht von der Stelle, aber es kommt schon mal vor, daß eine Herde ganz plötzlich weiterzieht. Die Tiere werden unruhig und suchen sich einen neuen Weidegrund.«

Newton lachte dröhnend.

»Bohnenstange ist eine komische Nummer«, fuhr er fort. »Wenn er seinen Job nicht bald wechselt, wird er noch so wie der verrückte Pete. Dann stülpt auch er seinen Hut über einen Zaunpfosten und fängt mit ihm Streit an. Kurzum: Er liegt also unter seinen Decken, das Lagerfeuer ist längst erloschen – da hört er, wie eine Herde vorbeizieht. Vermutlich zum Brunnen zehn. Als alle Rinder vorüber sind, vernimmt er Hufschläge und das Klirren von Metall. Er glaubt, daß Reiter dabei waren und die Pferde Hobbelketten um den Hals hängen hatten. Es war völlig dunkel, aber er ist fest überzeugt, daß es sich um mehrere Pferde handelte.«

»Viehdiebe?«

»Möglich. Auf unseren Viehstationen wird nachts nicht gearbeitet und erst recht nicht bei diesen Faulpelzen vom Lake Frome. Die vorüberziehende Herde befand sich ja auf dem Gelände der Lake-Frome-Station.«

»Bohnenstange Kent hat diesen Vorfall aber bei der Vernehmung durch die Polizei nicht erwähnt. Außer mit Ihnen scheint er überhaupt mit niemandem darüber gesprochen zu haben.«

»Er hat lediglich keine Lust, sich die Rache der Viehdiebe zuzuziehen und sich umlegen zu lassen wie Maidstone. Schließlich ist nicht von der Hand zu weisen, daß Maidstone von Viehdieben erschossen worden sein könnte. Ich kenne zwar den Grund nicht, aber vielleicht hat er sie gesehen, und sie hatten Angst, er könnte sie wiedererkennen. Dies nur zu Ihrer Information, Ed.«

Bony zupfte nachdenklich an der Unterlippe. Er mußte zugeben, daß ein solches Motiv für den Mord durchaus denkbar war.

»Wie lang ist der Zaunabschnitt von Bohnenstange?«

»Zwanzig Meilen. Nördlich von ihm arbeiten noch zwei Fencer. Einer davon ist der verrückte Pete. Ich habe bei beiden das Gespräch unauffällig auf diese Viehgeschichten gelenkt, aber sie behaupten übereinstimmend, bei ihren Gattertoren keine Viehspuren gesehen zu haben. Es scheint sich also um Quinambie-Vieh gehandelt zu haben. Wenn es tatsächlich Viehdiebe gewesen sind, werden sie die Rinder bis Tagesanbruch zum Brunnen zehn getrieben haben. Dort haben sie die Tiere getränkt und sind anschließend sofort weitergezogen.

Dann haben sie die Tiere aussortiert, mit ihrem Brandmal versehen und nach Süden gebracht.«

»Interessant«, mußte Bony zugeben. »Ich werde bestimmt nicht vergessen, was Sie mir da erzählt haben. Um noch einmal auf Nugget zu sprechen zu kommen: Was macht er eigentlich mit dem Geld, das er verdient?«

»Er hat mehr Geld als ich«, antwortete Newton. »Nugget ist ein seltsamer Bursche, ein richtig eingebildeter Laffe. Hat sich ein Bankkonto eingerichtet. Dort reicht er seinen Lohnscheck ein, und wenn er etwas bezahlen muß, schreibt er fleißig Schecks aus. Hat Ihr Interesse für Nugget einen dienstlichen Grund?«

»Lediglich, weil er von Ihren Leuten derjenige war, der in der fraglichen Zeit dem Tatort am nächsten war. Sein Lager war nur sechs Meilen entfernt. Bohnenstange war ebenfalls in der Nähe, doch schon etwas weiter entfernt. Nugget scheint seinen Frauen und Kindern gegenüber sehr großzügig zu sein.«

»Er fährt nie nach Broken Hill. Da kann er sich diese Großzügigkeit leisten. Alle sechs Monate kommt ein syrischer Händler nach Quinambie. Bei ihm erhält man alles, was man hier im Busch braucht. Dort kauft Nugget seinen Frauen und Kindern die Kleidung, und die wird getragen, bis sie vom Leib fällt. Die Kinder bekommen eine Menge Spielzeug. Es ist jedesmal ein Fest, wenn dieser Hausierer kommt. Außer Nugget tragen ja auch die anderen Eingeborenen, die auf dem Gebiet von Quinambie leben, ihr Geld zu dem Syrer, und dann geht es hoch her. Ich habe gesehen, wie Nugget eine riesige Zigarre geraucht hat. Mir hat er mal eine geschenkt. Ich habe sie geraucht, aber hinterher war mir schrecklich übel.«

Der Zaunwart stand auf und füllte den Kessel, um noch einen letzten Becher Tee aufzubrühen. Bony sammelte inzwischen Kleinholz, das am nächsten Morgen zum Feueranzünden dienen sollte. Nachdem dies erledigt war, nahmen die beiden Männer wieder am Lagerfeuer Platz.

»Manchmal scheint Nugget sein Geld etwas leichtsinnig auszugeben«, meinte Bony nachdenklich. »Bei seinem Stammlager sah ich eine kaputte Kamera – eine Box.«

»Nugget geht nur mit zwei Dingen pfleglich um: mit seinem Gewehr und seiner Kamera. Zunächst kam er mit seiner Kamera überhaupt nicht zu Rande. Es war ein teurer Apparat, aber er konnte nicht damit umgehen, bis sich schließlich der Verwalter von Quinambie erbarmte und ihm alles genau erklärte. Dann brachte er allerdings ganz ordentliche Fotos zustande. Die Box hat er wohl seinen Kindern geschenkt. Ich finde oft kaputtes Spielzeug.«

Bony wechselte das Thema und fragte Newton, wie oft er Urlaub nähme, während Newton sich nach Bonys Arbeit und den persönlichen Verhältnissen erkundigte.

»Sie scheinen mehr über diesen Mord zu wissen als wir«, bemerkte der Zaunwart schließlich.

»Das muß ja wohl auch so sein«, erwiderte Bony lächelnd. »Sehen Sie, ich habe die Polizeiakten gründlich studiert. Wie Sie vermutlich wissen, blieb der Sergeant mit seinem Assistenten eine volle Woche lang bei Brunnen zehn und führte von dort aus seine Ermittlungen. Dann erst erfolgte die gerichtliche Untersuchung, doch die Verhandlung führte auch zu keinem Ergebnis. Deshalb bat man mich, den Fall zu übernehmen. Ich glaube, ich sagte Ihnen bereits, daß ich auf Ermittlungen im Busch spezialisiert bin – im Busch, wo andere Polizeibeamte zwangsläufig versagen müssen.«

»Und Sie glauben tatsächlich, Sie werden den Mörder finden?«

»Selbstverständlich werde ich den Mörder finden! Jeder Fall, der von mir übernommen wurde, ist von mir auch aufgeklärt worden.«

»Sind Sie schon lange bei der Polizei?«

»Ich ging sofort nach Beendigung meines Hochschulstudiums zur Polizei. Geduld ist meine stärkste Waffe. Einmal benötigte ich zur Aufklärung eines Mordes eine Woche, ein andermal dauerte es zwei Jahre. In gewisser Hinsicht ähnelt meine Arbeit auch der Ihren am Zaun: Sie wird niemals enden. – Übrigens, woher bezieht Bohnenstange eigentlich seinen Proviant?«

»Normalerweise aus Quinambie. Aber sehr oft kommt er nicht zum Stammsitz. Jeden zweiten Donnerstag kampiert er in der Nähe von Brunnen zehn. Da kommt der Lastwagen vom Lake Frome vorbei, wenn die Post geholt wird. Der Fahrer erhält von Bohnenstange die Bestelliste und liefert das Gewünschte, wenn er zurückkommt. Warten Sie – ja, am nächsten Donnerstag kampiert Bohnenstange wieder am Gattertor bei Brunnen zehn. Wollen Sie sich bei dieser Gelegenheit mit ihm unterhalten?«

»Ja, ich möchte gern mal mit ihm sprechen.«

»Verstehe!«

»Was für ein Mensch ist eigentlich der Verwalter von der Lake-Frome-Station?«

»Er ähnelt Nugget, ist aber ein Weißer. Das heißt wenn er jemals seine Sonnenbräune verlieren würde. Rasiert sich einmal in der Woche. Er ist das pure Gegenteil von Commander Joyce, dem Besitzer von Quinambie. Aber schließlich sind die beiden Herrenhäuser auch nicht miteinander zu vergleichen. Levvey wohnt eigentlich nur in einem auf Dauer eingerichteten Buschlager. Scheint ihm nichts auszumachen. Als ich ihn zum erstenmal sah, habe ich mich ehrlich gewundert, daß er den Job als Verwalter erhalten hat.«

»Ist die Lake-Frome-Station größer als Quinambie?«

»Nicht ganz so groß. Und bei weitem nicht so gut geführt. Soll einer englischen Viehzuchtgesellschaft gehören.« Newton zündete sich die Pfeife an. »Levvey kommt mit den Eingeborenen sehr gut aus, während Commander Joyce auf Quinambie einige Schwierigkeiten hat. Mit seinen weißen Arbeitern kommt Joyce ausgezeichnet aus, und außerdem hat er einen tüchtigen Verwalter.« Er lachte dröhnend. »Uns einfache Leute bittet man auf Quinambie natürlich nicht ins Herrenhaus.«

»Joyce scheint sehr zurückgezogen zu leben.«

»Da haben Sie recht! Das liegt wohl zum Teil an seiner Frau. Ich habe den Eindruck, daß es ihr hier nicht besonders gefällt. – So, jetzt gehe ich schlafen.«

Am nächsten Morgen, bei Sonnenaufgang, trennten sich Bony und Newton. Bony überlegte kurz. Bis zum kommenden Donnerstag waren es noch fünf Tage. Newton hatte ihm gesagt, er werde in ungefähr vierzehn Tagen zurück sein.

»Machen Sie's gut!« meinte der bärtige Zaunwart zum Abschied.

Bony marschierte nach Norden. Er hatte Rosie und Old George noch getränkt, und die beiden Kamele käuten zufrieden ihr Futter wieder. Mit ihrem schaukelnden Gang erinnerten sie an zwei Schiffe auf hoher See.

Bony kannte die Gewohnheiten der beiden Tiere nun schon recht gut. Keins war bösartig, und sie wußten in dieser

Gegend genau Bescheid. Sie machten wenig Schwierigkeiten, solange man daran dachte, sie spätestens am vierten Tag zur Tränke zu führen. Sonst wurde Rosie unruhig, und Old George begann zu schmusen.

Jedesmal, wenn Bony die Tiere getränkt und ins Camp zurückgebracht hatte, stand Old George unbeweglich da und beobachtete alles. Das Kamel trug zwei Eisenfässer, von denen jedes zwanzig Liter faßte. Dieser Wasservorrat mußte manchmal fünf Tage reichen. Deshalb durfte Bony im allgemeinen täglich nicht mehr als acht Liter zum Kochen und Waschen verwenden.

Als Old George zum erstenmal mit seiner Schmuserei anfing, fühlte sich Bony geschmeichelt. Der Inspektor hatte sich drei Becher Wasser in die Waschschüssel geschüttet. Sobald Old George dies sah, schlurfte er trotz der gefesselten Vorderbeine näher und wartete geduldig, bis Bony sich gewaschen hatte und ihm das seifige Wasser reichte. Diese Brühe soff das Kamel gierig, dann warf es den Kopf zurück und begann sein Futter wiederzukäuen. Danach war es den ganzen Tag zufrieden.

Rosie verschmähte ein derartiges Gesöff. Nach vier Tagen machte sie ganz einfach Schwierigkeiten beim Satteln und Beladen. Sie preßte sich so fest an den Boden, daß Bony die Sattelgurte nicht unter ihr hindurchziehen konnte. Es blieb ihm dann nichts anderes übrig, als die Schaufel zu nehmen und unter Rosies Bauch eine Vertiefung zu graben. Während der ganzen Zeit stöhnte sie mitleiderregend, versuchte sich tiefer in den Boden zu pressen, und wenn alles nicht half, streikte sie schließlich und wollte nicht aufstehen. An dem eisernen Sattel, der wegen des Höckers unterteilt war, trug sie am vorderen Ende die Proviantkiste und zu beiden Seiten Drahtrollen.

Old George schleppte mit seinem schweren Packsattel rund fünf Zentner Gerät.

Australien hat dem Kamel, das im Jahre 1866 von Sir Thomas Elder auf den fünften Erdteil geholt wurde, viel zu verdanken. Mit Kamelen konnte man die weiten wasserlosen Gebiete durchqueren, mit Pferden war dies hingegen nur nach heftigen Regenfällen möglich. Es ist verbürgt, daß während einer solchen Expedition ins Innere des Kontinents die Kamele vierundzwanzig Tage lang ohne Wasser aushielten. Später wurden diese Tiere in immer größerer Zahl zusammen mit ihren afghanischen Treibern ins Land geholt. Da die Treiber die Kamele aber schlecht behandelten, war es kein Wunder, daß die Tiere widerspenstig und bösartig wurden.

Folglich war es mit einem gewissen Risiko verbunden, mit den Kamelen allein unterwegs zu sein. Deshalb behandelten die Männer, die am Zaun arbeiteten, ihre Tiere mit der größten Rücksichtnahme und bewiesen damit gleichzeitig, daß auch ein Kamel lammfromm sein kann, wenn man richtig mit ihm umgeht.

Nur selten ritten die Männer auf dem Leitkamel, denn es wäre für das Tier zuviel gewesen, fortwährend niederzuknien und wieder aufzustehen. Statt dessen marschierten die Fencer am Zaun entlang, den Zügel des Leitkamels über den Arm gestreift, die Leine des Packtiers am Sattel des Leitkamels befestigt. Das rhythmische Läuten des Glöckchens bot die Garantie, daß sich das Packtier nicht losgerissen hatte.

Die täglichen Routinearbeiten am Zaun kamen Bony sehr gelegen. Während er mit seinen Kamelen unterwegs war und die notwendigen Handgriffe erledigte, hatte er Zeit zum Nachdenken. Viel zu tun gab es in dieser Jahreszeit ohnehin nicht. Er hackte die Stachelgrasbüschel aus dem sandigen Boden, rechte sie zusammen und schaufelte sie über den Zaun auf das Gebiet von New South Wales. Schon bald hatte er gelernt, über den Zaun zu klettern, ohne sich am Stacheldraht die Kleidung zu zerreißen. So vergingen die Tage auf angenehme Weise.

Vier Tage, nachdem er sich vom Zaunwart verabschiedet hatte, erreichte Bony das nördliche Ende seines Abschnittes beim Gattertor am Brunnen 10. Er hatte kaum sein Lager aufgeschlagen, als sich ein Mann näherte, in dem er sofort Bohnenstange erkannte. Der Spitzname paßte hundertprozentig, denn dieser Mann war 1,80 Meter groß und dürr wie eine Bohnenstange. Dazu ging eine hektische Unruhe von ihm aus.

Bevor Bohnenstange das Gattertor erreichte, winkte er mit beiden Armen.

»Tag, Ed!« rief er. »Wie steht's? Freue mich, dich zu treffen.«

Er überquerte die Straße und ließ seine Kamele in der Nähe von Bonys Lager niederknien.

»Black Newton hat mir von dir erzählt«, fuhr er mit voller Lautstärke fort, obwohl dies völlig überflüssig war. »Er sagte mir, daß er Nugget mit seinen Leuten weiter nach Süden geschickt hat. Hat er dir eigentlich verraten, daß man dir den miesesten Abschnitt vom ganzen Zaun aufgehalst hat?«

»Er hat so etwas angedeutet«, erwiderte Bony.

»Bei Sturm ist es einfach scheußlich. Ich weiß es aus eigener Erfahrung. Ich habe nämlich einen Sommer lang hier gearbeitet. Von mir aus kannst du diesen Abschnitt geschenkt kriegen!«

Er lud die Lasten ab, fesselte die Vorderbeine seiner Kamele und brachte die Proviantkiste zum Lagerfeuer. Bony hatte gerade frischen Tee aufgebrüht. Bohnenstange sprach jetzt leiser, dafür sehr schnell. Seine Worte überstürzten sich förmlich, wie es oft bei Menschen der Fall ist, die lange einsam waren.

»Hast du in der vergangenen Nacht das Ungeheuer gehört? Drüben im Gebiet vom Lake Frome. Kurz vor Tagesanbruch hat es gebrüllt und geschrien, als ob es ein brennendes Holzscheit verschluckt hätte. Ich hatte den Eindruck, daß es sich immer weiter vom Zaun entfernte. War mir nur lieb. Du hast vermutlich schon vom Ungeheuer gehört?«

»Hoffentlich bleibt es, wo es ist«, entgegnete Bony, füllte den Becher für Bohnenstange und reichte ihm die Zuckerbüchse. »Nein, ich habe nichts gehört.«

»Wie gefällt dir eigentlich die Arbeit?« fragte Bohnenstange.

»Bis jetzt ganz gut.«

»Die Jahreszeit ist günstig. Ich hab diesen Job schon viel zu lange. Fange schon an, mit mir selbst zu quasseln. Schlimm genug, wenn man den ganzen Tag mit den Kamelen spricht. Wie ich sehe, hast du Old George übernommen. Ein ulkiges Vieh. Kampierst du hier länger?«

»Ich wollte bis morgen hierbleiben«, antwortete Bony. »Ich muß die Tiere tränken und die Wasserfässer auffüllen. Außerdem muß ich Wäsche waschen.«

»Geht mir genauso. Das besorgen wir morgen vormittag. Sobald Levvey vorbeigekommen ist. Er fährt nach Quinambie. Hast du ihn schon mal gesehen?«

Bony schüttelte den Kopf.

»Ein komischer Kerl, dieser Jack Levvey. Kommt prima mit den Abos aus. Bringt mir meine Lebensmittel mit und alles, was ich sonst noch brauche. Morgen früh gegen acht kommt er hier vorbei. Anschließend gehen wir zum Brunnen.«

5

Am nächsten Morgen, kurz nach acht Uhr, näherte sich Motorengeräusch, und die beiden Männer gingen zum Gattertor, um es für den Lastwagen zu öffnen. Neben dem Fahrer saß eine junge Eingeborene, die ein Kleinkind stillte. Auf der Ladefläche hockten noch eine junge Eingeborene, zwei kleine Kinder und ein Junge. Nach der allgemeinen Begrüßung stellte Bohnenstange Bony vor.

Jack Levvey hatte ungefähr die Statur von Nugget. Obwohl er ein Weißer war, hatte er eine fast genauso dunkle Hautfarbe wie Nugget Early. Levvey war etwas zu dick, sein Hals etwas zu kurz, um auf ein langes Leben hoffen zu können. Obwohl er beim Sprechen oft Silben verschluckte, verriet seine Stimme eine rasche Auffassungsgabe. Er war ein intelligenter Mann. Seine blauen Augen musterten Bony aufmerksam.

»Freut mich, Sie kennenzulernen«, sagte er. »Soll ich Ihnen was mitbringen?«

»Vielleicht etwas frisches Fleisch«, meinte Bony, dessen Augen schmale Schlitze bildeten.

»Das bringen wir Ihnen mit. Und natürlich auch die Post.«

»Wenn welche da ist.«

»Ganz recht. Na, Bohnenstange, wo ist deine Liste? Kannst du sie mir zeigen?«

»Hier, Jack.«

Levvey sah die Aufstellung durch. Neben ihm stillte die

junge Lubra ungeniert ihr Baby. Die Kinder, die auf der Ladefläche hockten, verhielten sich ruhig und hatten große, ernste Augen. Der junge Eingeborene starrte auf seine Stiefelspitzen. Er trug Sporen, und die grellbunte Kleidung entsprach ganz dem Geschmack der Schwarzen.

Der Lastwagen schien nicht mehr gewaschen zu sein, seit er den Ausstellungsraum des Autohändlers verlassen hatte. Außer den Passagieren waren auf der Ladefläche noch einige stählerne Pfosten, eine Rolle Stacheldraht, Zangen und Drahtspanner untergebracht: die Standardausrüstung jedes Farmers, der – oft völlig unerwartet – den Zaun reparieren mußte.

Nach einer lautstarken Verabschiedung fuhr Levvey weiter. Bony und Bohnenstange kehrten zu ihren Kamelen zurück. Sie beluden die Packtiere mit den Wasserfässern, schnallten Handtücher und frische Kleidung darüber. Wie üblich, wurden die Kamele mit Stricken aneinandergebunden, dann marschierten die beiden Männer los. Bony hatte bisher ganz absichtlich Maidstone nicht erwähnt.

»Ich möchte zu gern wissen, warum man diesen Mann erschossen hat«, begann Bohnenstange ganz von selbst und deutete mit einer Kopfbewegung hinüber zu dem Baum, bei dem Maidstone sein Lager aufgeschlagen hatte. »Meines Erachtens muß er jemanden getroffen haben, der nicht gesehen oder wiedererkannt werden wollte. Ausgeraubt wurde Maidstone nicht. Aber erschossen. Hast du schon von der Geschichte gehört?«

»Ja. In Broken Hill bildete der Mord das Stadtgespräch. Newton hat mir auch davon erzählt. Bist du auch von der Polizei vernommen worden?«

»Die war noch da, als ich hier ankam. Da drüben stand ihr

Wagen. Zwei Kriminaler. Der eine war Sergeant. Wollten wissen, wo ich gesteckt habe, als der Mann erschossen wurde.«

»Und was hast du geantwortet?«

»Sagte, daß ich oben beim Zehnmeilenpunkt war. Dann wollte der Sergeant noch wissen, was ich für ein Gewehr besitze. Ich sagte ihm, daß ich nur eins habe, und zwar eine Winchester. Da wurde er sofort munter. Ob ich in letzter Zeit damit geschossen hätte? Worauf ich geschossen hätte? Ich bitte dich – es war fast eine Woche nach dem Mord! Und ich wußte überhaupt nichts davon, Ed. Ich war wie vor den Kopf geschlagen, als ich dicht beim Gattertor unter den Bäumen den Polizisten entdeckte.«

Das stimmte mit dem Untersuchungsbericht überein, den Bony gelesen hatte. Noch am Tage vor der Ermordung Maidstones hatte Bohnenstange den Brunnen 10 besucht.

»Jedenfalls war ich hier. Ich habe drüben am Brunnen die Tiere getränkt und meinen Wasservorrat ergänzt. Dann habe ich hier gearbeitet. Zwei Tage später muß der Lehrer gekommen und umgebracht worden sein.«

»Hast du dir bei dieser Gelegenheit von Jack Levvey etwas besorgen lassen?«

»Nein. Er hatte mir beim letztenmal gesagt, daß ich diesmal nicht auf ihn warten soll. Er hätte draußen am See zu arbeiten. Ich brauchte auch nichts, und als ich das nächstemal zurückkam, war Jack da, drüben bei den Polizisten im Camp. An diesem Tag hat er mir wieder Proviant besorgt.«

»Wer hat dir eigentlich von dem Mord erzählt?«

»Die Polizisten, nachdem sie mir eine Unmenge Fragen gestellt hatten. Als Jack von Quinambie zurückkam, erfuhr ich dann noch einige Einzelheiten von ihm.«

»Hm, du hast schon recht, Bohnenstange – das ist eine komische Geschichte. Die Polizei scheint bisher im dunkeln zu tappen.«

»Diese Polizisten sind nur in der Stadt zu gebrauchen, Ed. Ein Strafmandat zu verpassen wegen Überschreitung der Höchstgeschwindigkeit oder jemanden einzubuchten, weil er etwas zuviel getrunken hat – darin sind sie ganz groß. Aber hier draußen im Busch? Nichts zu wollen! Einen Tag, bevor sie herauskamen, hat ein wenig der Wind geweht, und alle Spuren waren vernichtet. Durch diesen Wind hatte auch ich ziemlich viel Arbeit. Bei mir ist das Stachelgras genauso übel wie bei dir.«

Inzwischen hatten Bony und Bohnenstange den See erreicht. Die Kamele soffen gierig, dann legten sie sich nieder, und die Eisenfässer wurden gefüllt. Bony äußerte den Wunsch zu baden, und Bohnenstange erklärte sich sofort bereit, auf die Kamele achtzugeben. Bony entkleidete sich und spazierte ins Wasser. Nach fünfzig Metern blieb er stehen und kauerte sich nieder. Das Wasser reichte ihm nun bis an die Brust. Er seifte sich gründlich ab, und als er schließlich ans Ufer zurückkehrte, fühlte er sich wie neugeboren. Auch Bohnenstange nahm ein Bad.

Anschließend gingen sie – Bohnenstange hatte diesen Vorschlag gemacht – zum Brunnen und wuschen ihre Kleidung. Sie hängten die zu waschenden Kleidungsstücke an das Ende einer langen Stange und hielten sie unter das aus dem Rohr sprudelnde Wasser.

»Höchstens eine halbe Minute für die Unterwäsche, Ed. Sonst zerfällt sie dir am Leibe.«

Bei dem stark salzhaltigen Wasser genügte eine halbe Minute, und die Kleidungsstücke waren fast so weiß wie neu.

Die Baumwollhosen wurden auf die gleiche Weise gewaschen, lediglich einige Sekunden länger. Mit den nassen Sachen über dem Arm kehrten die beiden Männer in ihr Camp zurück, wo sie alles an den Ästen der Mulgabäume zum Trocknen aufhängten.

»Wäschewaschen ist kein Problem, wenn ein Brunnen in der Nähe ist«, meinte Bony.

»Das ist aber auch das einzige, was in dieser Gegend kein Problem ist«, erwiderte Bohnenstange. »Wie wär's, wenn wir uns zu Mittag ein Stew kochen? Ich habe Zwiebeln und Trokkengemüse. Hast du vielleicht Kartoffeln? Wir müssen allerdings gesalzenes Fleisch nehmen, denn das Frischfleisch werden wir erst am Abend erhalten. Ich bin zum Mittagessen drei Gänge gewohnt: Bouillon, dann gesalzenes Rindfleisch, Trockengemüse à la Mildura. Dazu Buschbrot – und Marmelade als Dessert.«

»Ein prächtiges Menü«, pflichtete Bony bei. »Dazu noch äußerst nahrhaft. Ja, ich habe genügend Kartoffeln und auch noch ein paar Dosen mit Tomaten. Da wird die Farbe schöner. Dann wollen wir uns gleich an die Arbeit machen. Bist du verheiratet?«

»Nur wenn ich in die Stadt komme. Aber dann passe ich auch auf, etwas Anständiges in den Magen zu kriegen. Meist gehe ich in die Wirtschaft oder eines von den Cafés unten in der Argent Street. Aber es ist alles nicht mehr so wie früher. In Broken Hill, meine ich. Heute geht es dort viel zu spießerhaft zu.«

»Ja, das glaube ich wohl«, sagte Bony.

Die beiden Männer gaben die Zutaten des Stews in den Kochkessel, fügten Wasser, Salz und Pfeffer hinzu und hängten den Kessel über das Feuer. Für sie spielte es keine Rolle, daß das Fleisch doppelt so lange kochen mußte wie die Tomaten.

»Was einem genau wie in Adelaide auch in Broken Hill den Aufenthalt verleidet, ist der Umstand, daß die Kneipen schon um zehn Uhr schließen«, fuhr Bohnenstange fort. Anscheinend war er mit dem modernen Stadtleben durchaus nicht einverstanden. »Als die Kneipen bereits um sechs Uhr schlossen, machte es wenigstens noch Spaß, eine zu suchen, in der heimlich Schnaps ausgeschenkt wurde. In Adelaide muß man allerdings gewaltig auf die Polizei aufpassen. In Broken Hill ist es nicht ganz so schlimm. Ich fahre nur selten nach Adelaide, aber wenn man dort jemanden nach einer heimlichen Kneipe fragt, sieht er sich sofort verstohlen nach einem Polizisten um. So mißtrauisch sind die Leute dort.«

»Das liegt an den vielen Stromern und Unholden, Bohnenstange«, entgegnete Bony. »Ich habe in Sydney gehört, daß man es dort gar nicht mehr gern sieht, wenn man im Park schläft. Kommst du oft nach Adelaide?«

»Wenn ich in Broken Hill bin, fahre ich gelegentlich einmal rasch hinunter. Meist komme ich am gleichen Tag zurück. Man kann sich ja dort mit keinem Menschen anständig unterhalten. In Broken Hill ist das anders. Da kann man mit jedem reden.«

»Ja, in Broken Hill sind die Leute bedeutend zugänglicher.« Bony drehte sich eine Zigarette. »Kannte dich der Sergeant eigentlich schon von deinen Besuchen in Broken Hill?«

»Und ob! Die Welt sei klein, meinte er, und dann wollte er sofort wissen, wo ich in der Nacht vom neunten zum zehnten Juni gewesen bin. Was ihn das anginge, erwiderte ich. Selbst wenn ich es ihm sagen würde, wäre er auch nicht klüger. Doch er meinte nur, wenn ich ihm im Sand eine kleine Karte skizzieren würde, wüßte er sehr wohl Bescheid. Ich nahm also ein Stöckchen und zeichnete die Karte, aber wie ich mir's dachte – er hatte natürlich keine blasse Ahnung und war zum Schluß keinen Deut klüger. Am nächsten Tag hat er es dann aufgegeben und ist nach Broken Hill zurückgekehrt.«

»Und wo warst du nun am neunten Juni?« wollte Bony wissen. »Mir geht es nämlich genau wie dem Sergeant. Ich finde mich hier einfach nicht zurecht. Immer heißt es: ›Den Zaun hinauf‹ und: ›Den Zaun hinunter‹. ›Nach Norden‹ oder: ›Nach Süden‹ wäre doch bedeutend einfacher.«

»Hör mal zu!« entgegnete Bohnenstange ernst. »Ich will dir etwas sagen, was dich sehr überraschen wird. Am Morgen des neunten Juni kampierte ich nicht weit von hier jenseits der Straße im Busch. An diesem Tag tränkte ich die Kamele und füllte meinen Wasservorrat auf. Gegen zehn war ich wieder hier, und da ich an diesem Tag Jack – der mir ja sonst immer meine Rationen mitbringt – nicht erwartete, packte ich zusammen und machte mich auf den Weg zaunaufwärts. Oder nach Norden, wenn du das besser verstehst. In der Nacht schlug ich mein Lager beim Zehnmeilenpunkt auf. Ich hatte Reparaturen zu erledigen. In dieser Nacht habe ich gehört, wie Viehdiebe vorbeizogen. Es muß gegen zwei Uhr morgens gewesen sein.«

»Viehdiebe? Was für Viehdiebe?«

Bohnenstange spie ins Feuer und zuckte mit den schmalen Schultern.

»Ich hätte überhaupt nicht darüber sprechen sollen, Ed. Ich wollte auch weiterhin schweigen. Möchte nicht in solche Geschichten verwickelt werden. Kurzum, zwei Tage später wehte ein scharfer Wind, und ich hatte beim Vierzehnmeilenpunkt eine Menge Arbeit. Als ich dann nach Süden zurückkam, gab es nicht viel zu tun, und ich wollte ja am Donnerstag wieder hier sein, um Jack zu treffen. Aber statt dessen war die Polizei da.«

»Hast du dem Sergeant von den Viehdieben erzählt?«

»Keine Angst. Dem werde ich doch so was nicht erzählen. Newton habe ich es gesagt, aber der kann seinen Mund halten. Und du hoffentlich auch, Ed.«

»Ich bin die Diskretion in Person.«

»Diskretion! Darauf würde ich sofort ein paar Pfund wetten! In welchem Rennen läuft das Pferd denn? Du bist vielleicht ein ulkiger Bursche, Ed. Manchmal verwendest du Ausdrücke, wie ich sie bisher von keinem Fencer gehört habe. Ja, es waren Viehdiebe. Sie nahmen Richtung auf Brunnen zehn. Führten eine große Herde mit. Nach den Geräuschen zu schätzen, dürften es rund zweihundert Tiere gewesen sein. Sie wurden am Zaun entlanggetrieben.«

»Aber die Viehdiebe wußten doch bestimmt, daß auf dieser Seite des Zauns Fencer kampieren?«

»Sicher. Aber sie wissen auch, daß eine Herde manchmal ganz von selbst weiterzieht. Das ist durchaus nicht ungewöhnlich, Ed. Ich hätte überhaupt nicht weiter darauf geachtet, wenn ich nicht das Klirren von Hobbelketten gehört hätte, die die Pferde um den Hals trugen. Genau wie unsere Kamele.«

Die Tiere lagen am Boden und ruhten sich aus. Wie immer, wenn die Hobbelketten nicht benötigt wurden, waren die beiden Ketten zusammengeschnallt und am Hals des Leitkamels befestigt.

»Die Hobbelketten waren entweder am Hals eines Packpferdes oder eines Reservepferdes befestigt, das die Viehdiebe mitführten. Es war so dunkel, daß ich nichts erkennen konnte, und ich hatte auch keine Lust, an den Zaun zu rennen und ihnen auf die Nase zu binden, daß sie beobachtet werden. Was geht die ganze Geschichte mich an! Schließlich sind es nicht meine Rinder!«

»Das war also in den frühen Morgenstunden des zehnten Juni?«

»Gegen zwei Uhr morgens. Aber die Zeit ist nur geschätzt. Wie gesagt, es war stockdunkel. Keine Sterne am Himmel. Nichts.«

»Hast du keine Uhr?«

»Ich habe nicht auf die Uhr geschaut«, entgegnete Bohnenstange. »Warum sollte ich? Schließlich ging es mich doch gar nichts an, und wenn man das gesamte Vieh von Quinambie gestohlen hätte. Aus solchen Geschichten halte ich mich heraus, wie ich bereits sagte. Und wenn ich dir einen guten Rat geben kann, Ed: Was ich nicht weiß, macht mich nicht heiß! Daran solltest du dich ebenfalls halten.«

»Ist die Herde schnell weitergezogen?« wollte Bony noch wissen.

»Durchaus. Ich hatte den Eindruck, daß die Viehdiebe vor Tagesanbruch am Brunnen sein wollten. Um diese Zeit ist kein Mensch dort. Für Jack und seine Leute war es zu früh, und auch ein Fencer würde sich um diese Zeit kein Wasser holen. Die Viehdiebe wollten die Tiere bestimmt vor Tagesanbruch tränken und dann sofort nach Südosten weiterziehen, damit sie nach Sonnenaufgang weit genug vom Zaun entfernt waren.«

»Mit den Daten irrst du dich nicht?«

»Ich bin ganz sicher.«

»Dann müßten sie ungefähr achtzehn Stunden, nachdem Maidstone von Quinambie weggefahren war, das Tor passiert und auf der anderen Seite des Zaunes die Straße überquert haben.«

»Das nehme ich an, Ed.«

»Du glaubst doch aber nicht, daß diese Viehdiebe etwas mit dem Mord zu tun haben, oder?«

»Nein, das glaube ich nicht«, antwortete Bohnenstange. »Die wollten lediglich die Rinderherde so schnell wie möglich weitertreiben. Ein Viehdieb müßte ja von allen guten Geistern verlassen sein, wenn er etwas unternimmt, was die Polizei auf den Plan ruft. Auf dem Weg zum Brunnen konnten sie nicht einmal Maidstones Leiche entdecken. Ich nehme an, daß er zu diesem Zeitpunkt schon tot war.«

»Dann wollen wir diesen Viehdiebstahl ruhig vergessen.«

»Ganz richtig.« Bohnenstanges Stimme verriet Erleichterung. »Das Stew riecht schon recht gut. Es müßte bald fertig sein.«

Er gab noch etwas Mehl dazu, um das Eintopfgericht einzudicken, und nahm den Kessel vom Feuer. Das Stew war ausgezeichnet gelungen. Nach dem Essen legten die beiden Männer den Kamelen die Hobbelketten an, dann streckten sie sich lang aus und unterhielten sich. Als Bohnenstange auf Nugget zu sprechen kam, wollte Bony die ungeschminkte Meinung über diesen Mann hören, doch der Fencer hielt nicht viel von ihm.

»Ich kann Nugget nicht leiden, Ed. Er ist ein Besserwisser. Und er schwatzt zuviel. Ich habe gehört, daß er dauernd mit der Polizei zusammengesteckt hat, während jeder anständige Kerl diesen Leuten aus dem Weg gegangen wäre. Nugget behauptet, in der Mitte seines Zaunabschnitts gewesen zu sein, als der Mord passiert ist. Zum oberen Ende seines Abschnitts, also hier zu diesem Gattertor, sei er erst einen Tag nach dem

Eintreffen der Polizei gekommen. Er hat sich zwei oder drei Tage hier aufgehalten und sogar mit seinen Lubras nach Spuren gesucht. Das war natürlich vergebens, denn in der Zwischenzeit war Sturm aufgekommen.«

»Hast du ihn hier oft getroffen – so, wie wir uns zufällig begegnet sind?«

»Nein. Nur sehr selten. Es ist schon Monate her, seit wir zufällig gleichzeitig hier waren. Wie gesagt, ich habe für ihn nichts übrig. Schmeißt mit dem Geld um sich, als ob er der Boß wäre. Und weil er eine Stellung als Fencer hat, bildet er sich ein, etwas Besseres zu sein als die übrigen Abos. Dabei sitzt er die ganze Zeit auf seinem dicken Hintern und läßt die Lubras und die Kinder arbeiten. Deshalb hatte Newton ihn auf deinem Abschnitt eingeteilt. Newton hat dir keinen Gefallen getan, als er dich an seine Stelle gesetzt hat.«

»Wie kommst du mit Newton aus?«

»Gut! Solange du deine Arbeit ordentlich machst, kommst du gut mit ihm aus. Aber wehe, du wirst nachlässig. Dann wird er ungemütlich. Es ist sein Zaun! Vergiß das nie!«

»Das hat er mir bereits sehr deutlich zu verstehen gegeben«, erwiderte Bony.

»Und noch etwas, Ed. Wenn du den Verwaltern auf den Viehstationen einen Gefallen tun kannst, dann tue es. Du weißt schon – wenn dir etwas Ungewöhnliches auffällt oder wenn du verlaufenes Vieh findest. Du mußt immer daran denken, daß du dein Fleisch kostenlos bekommst. Da soll man sich mit diesen Leuten immer gut stellen. Man muß Diplomat sein.«

»Wie steht es da mit dem Viehdiebstahl?« konterte Bony.

»Das ist etwas anderes. Die züchten ihr Vieh, und ich repariere meinen Zaun.« Bohnenstange wirkte verärgert. »Ich bin nur ein kleiner Fencer. Was mit den Rinderherden der Viehstationen passiert, geht mich nichts an. Ich meine etwas anderes: Wenn sich zum Beispiel ein Tier im Zaun verfangen hat oder in einen Graben gestürzt ist, dann befreie ich es. Und wenn man mich fragt, wie an dieser oder jener Stelle im Augenblick die Futter- oder Wasserverhältnisse sind, dann gebe ich Auskunft. Du verstehst doch – oder?«

»Ja, ich glaube schon«, erwiderte Bony mit ausdruckslosem Gesicht.

6

Als Bony den Punkt seines Zaunabschnitts erreicht hatte, der dem Herrenhaus von Quinambie am nächsten lag, entschloß er sich, Commander Joyce einen Besuch abzustatten. Normalerweise konnte er nur einmal im Monat zur Stammfarm gehen, um sich Fleisch zu holen und die Vorräte zu ergänzen. Sein Besuch würde also zweifellos auffallen. Er bog vom Zaun ab und übernachtete bei Newtons Bambusgrasschuppen.

Am nächsten Morgen ließ Bony seine Kamele hinter der Schmiede von Quinambie niederknien und tränkte sie kurz nach neun. Dann besuchte er den Koch. Der Koch war ein großer, gemütlicher Mann. Er besaß nur noch wenige dunkle Haarsträhnen, die den Eindruck erweckten, als seien sie auf den kahlen Schädel geklebt. Sobald der Koch den Mund aufmachte, merkte man, daß er aus London stammte.

»Herr im Himmel! Was ist denn mit dir los, Ed?«

»Ich habe fürchterliche Leibschmerzen«, erwiderte Bony.

»Vermutlich bin ich das salzige Brunnenwasser nicht gewohnt. Es macht mir schwer zu schaffen. Hast du Chlorodyne?«

»Ja. Einen Moment. Ich hole dir etwas.«

»Ich glaube, fünfzehn bis zwanzig Tropfen wäre die richtige Dosis«, fügte Bony vorsichtshalber hinzu.

»So lautet die Vorschrift, Ed. Ich habe mich bisher stets daran gehalten.«

Bony grinste.

»Na ja, nicht immer«, gab der Koch achselzuckend zu. »Einmal brachte man mir einen Betrunkenen. Er war blau wie eine Strandhaubitze. Er war einfach schrecklich. Ich habe ihm eine halbe Flasche Chlorodyne eingetrichtert und der Kerl wurde prompt blau im Gesicht. Die ganze Nacht bin ich mit ihm herummarschiert, aber am anderen Morgen war er stocknüchtern.«

»Da hattest du Glück – und das ist kein Trost für mich«, meinte Bony und nahm die vorgeschriebene Dosis. »Ist der Boß zu Hause?«

»Drüben im Büro. Ich gebe dir etwas Chlorodyne mit. Ich habe stets etwas hier. – Magst du eine Tasse Tee?«

»Ich möchte zunächst mit dem Boß sprechen, Harry. Die Arznei tut mir bereits gut. Macht den Magen richtig warm. Also dann, bis später.«

Commander a. D. Joyce war knapp siebzig und sehr schlank. Er hatte noch die aufrechte Haltung und den elastischen Gang des Berufssoldaten. An diesem Morgen saß er an seinem mit Papieren und Kontobüchern überladenen Schreibtisch. Obwohl eine Viehstation von der Größe Quinambies normalerweise nicht ohne Buchhalter auskommt, mußte sich Joyce selbst um diese Dinge kümmern. Als er von seinen Aufstellungen aufsah, erblickte er Bony in der offenen Tür.

»Hallo! Was wünschen Sie?«

Der Commander hatte eine ruhige Stimme und einen offenen Blick. Bony musterte die tiefliegenden dunklen Augen und trat näher.

»Ich arbeite momentan als Fencer und habe hier einen Brief des Polizeichefs von Broken Hill, der Ihnen erklären wird, warum ich mich in dieser Gegend aufhalte. Außerdem benötigte ich Clorodyne.«

Commander Joyce öffnete den Umschlag und begann zu lesen. Plötzlich stutzte er und bat Bony höflich, Platz zu nehmen. Nachdem er den Brief zu Ende studiert und von der Bitte des Polizeichefs Kenntnis genommen hatte, Kriminalinspektor Bonaparte jede gewünschte Unterstützung zuteil werden zu lassen, spitzte er die Lippen, nahm seine Pfeife und zündete sie an. Dann blickte er Bony fragend an.

»Ich heiße Ed Bonnay«, erklärte Bony.

»Gut. Und was kann ich für Sie tun?«

»Vielleicht können Sie mir einige Informationen geben«, erwiderte Bony und zündete sich eine Zigarette an. »Wäre es möglich, daß man uns belauscht? Darf ich die Tür schließen?«

»Ja, besser ist besser. Es könnte jemand den Morgentee bringen. Im übrigen bin ich froh, einmal für eine Weile diesen verflixten Papierkram beiseite legen zu können. Die ewige Viehzählerei hängt mir schon zum Halse 'raus. Ich nehme an, Sie bearbeiten den Fall Maidstone?«

»Richtig«, antwortete Bony, und nachdem er die Tür geschlossen hatte, setzte er sich wieder. »Derartige Fälle werden mir übertragen. Wenn im Busch oder in einer einsamen

Gegend ein Mord passiert, sind die meisten meiner Kollegen völlig hilflos.«

»Hm«, meinte Joyce sarkastisch. »Einsam dürften Sie es ja wohl hier finden. Trotzdem muß Ihre Arbeit ganz interessant sein. Sie sind tatsächlich Kriminalinspektor?«

»Ja. Es war für mich allerdings nicht ganz leicht, es so weit zu bringen. Ich verdanke meine Beförderung hauptsächlich dem Umstand, daß ich bisher jeden Fall aufgeklärt habe, den man mir übertragen hat. Ich hoffe, daß es diesmal nicht anders ist. Seit ich am Zaun arbeite, habe ich mit Nugget, mit Bohnenstange Kent und natürlich auch mit Newton gesprochen. Sie kennen diese Leute gut genug, um zu wissen, daß man sie mit Samthandschuhen anfassen muß. Sobald man ihnen dienstlich kommt, hüllen sie sich in Schweigen. Deshalb bin ich inkognito hier, und ich werde wohl eine Weile bleiben. Ich hoffe, Sie verraten niemandem, wer ich in Wirklichkeit bin.«

»Selbstverständlich. Sie dürfen sich in jeder Hinsicht auf mich verlassen – äh, Ed.« Joyce lächelte grimmig.

»Danke. Haben Sie eigentlich Kummer mit Viehdieben gehabt, seit Sie Quinambie übernommen haben?«

»Offen gestanden, Ed – ich weiß es nicht. Mein Vorgänger hatte sehr unter Viehdiebstählen zu leiden. Früher muß es schlimm gewesen sein. Wissen Sie, ich habe mich nie um diese Dinge gekümmert. Aber in letzter Zeit hatte ich das Gefühl, daß nicht alles in Ordnung ist. Deshalb plage ich mich jetzt mit diesen Viehaufstellungen herum.«

»Ich habe Informationen, daß in den frühen Morgenstunden des zehnten Juni eine große Viehherde auf der Westseite des Zauns entlanggetrieben worden ist. Bohnenstange Kent hat es gehört. Es dürfte gegen zwei Uhr gewesen sein, als die Tiere sein Camp passierten.«

»Zum Teufel! Ist Bohnenstange sicher?«

»Es klang überzeugend. Die Nacht sei sehr dunkel gewesen, sein Lagerfeuer habe nicht mehr gebrannt. Er konnte zwar nichts sehen, hörte aber die vorbeiziehenden Rinder und später das Klirren von Hobbelketten, die am Hals eines Pferdes befestigt gewesen sein müssen.«

»Davon hat er mir nie etwas gesagt. Und ich glaube, auch bei der Polizei nicht, als man ihn verhört hat.«

»Er will nicht in irgendwelche Geschichten hineingezogen werden«, erklärte Bony. »Obwohl ich bezweifle, daß diese Sache mit der Ermordung Maidstones in Zusammenhang steht, habe ich sie in meinem Bericht doch erwähnt. Der Chefinspektor wird zweifellos im Süden ausführliche Nachforschungen anstellen lassen, ob dort Vieh verkauft wurde. Deshalb möchte ich Sie bitten, weder mit Levvey noch sonst jemandem darüber zu sprechen. Einverstanden?«

Joyce nickte, und seine Augen funkelten gefährlich. Offensichtlich wünschte er sich, den Viehdieben persönlich ihr schmutziges Handwerk zu legen.

»Am zehnten Juni?« murmelte er.

»In den frühen Morgenstunden. Am achten hat Maidstone Sie verlassen, um zur Lake-Frome-Station zu fahren. Ihr Verwalter fand am zwölften die Leiche. Sie erinnern sich? Hat Ihr Verwalter vielleicht jenseits des Gattertors die Spuren einer Viehherde gesehen? Könnte eine Herde die Straße überquert haben?«

»Falls er etwas bemerkt haben sollte, hat er mir nichts davon erzählt.«

»Soviel ich weiß hatte er zwei schwarze Tracker mitgenommen.«

»Das ist richtig«, pflichtete Joyce bei. »Er fuhr mit dem

Lastwagen los. Die Schwarzen hockten hinten auf der Ladefläche. Da können sie besser abspringen, um die Gattertore zu öffnen und zu schließen.«

Bony war sich klar darüber, daß der Verwalter ein ausgezeichneter Viehkenner war und deshalb wußte, daß Rinder manchmal in der Nacht weiterziehen. Diesen Umstand machten sich die Viehdiebe ja zunutze, um die Diebstähle zu tarnen. Ein Buschmann, der sah, daß eine Herde die Straße überquert hatte, würde zwangsläufig annehmen, daß sie von selbst weitergezogen war – es sei denn, er entdeckte auch die Spuren der Begleitpferde.

»Erzählen Sie mir doch bitte etwas von Maidstone«, bat Bony. »Welchen Eindruck hat er auf Sie gemacht?«

»Ach, er war ein netter Mensch«, erklärte Joyce ohne Zögern. »Er zeigte uns einige seiner Fotos und brachte sein Gerät in Ordnung. Sehr intelligent, und er konnte gut erzählen. Es war für mich ein Schock, als ich hörte, daß er tot ist.«

»Können Sie sich erinnern, wann Sie zum erstenmal den Leuten vom Lake Frome von ihm erzählten?«

»Das muß am Abend vor seiner Weiterfahrt gewesen sein. Da unterhielt ich mich über Funk mit Levvey und erzählte ihm, daß Maidstone die Absicht habe, ihn am nächsten Tag zu besuchen.«

»Wie ich höre, versteht sich Levvey sehr gut mit den Abos.«

»Ja. Er scheint ein intelligenter Bursche zu sein. Mit seiner schwarzen Frau hat er Glück gehabt. Nicht, daß ich deshalb mit einer solchen Ehe einverstanden wäre. Levvey entstammt eben keiner alten Familie, ist praktisch ohne Herkunft, und sein ganzes Leben dreht sich nur um Pferde und Rinder. Aber von Kultur keine Spur.«

»Sie verkehren über Funk miteinander, nehme ich an?«

»Ja, jeden Abend um neun Uhr unterhalten wir uns. Sie wissen ja – der übliche Klatsch. Als ich weg war, hat meine Frau die Funkverbindung aufrechterhalten. Die Lake-Frome-Station ist für uns der nächste Nachbar. Der letzte Verwalter und seine Frau paßten besser zu uns. Mit denen haben wir sogar ab und zu Bridge gespielt. Aber seit Levvey den Posten übernommen hat, benützen wir den Funkapparat eigentlich nur noch, um Nachrichten durchzugeben und uns ein wenig zu unterhalten. Vor allem über das Wetter und das Vieh.«

»Nun möchte ich zum Schluß noch einen Wunsch äußern.« Bony drehte sich eine seiner seltsam geformten Zigaretten – an den Enden spitz, in der Mitte aber unförmig dick. »Ich hätte mich gern mal mit Ihrem Verwalter unterhalten.«

»Selbstverständlich«, erwiderte Joyce. »Er wird im Maschinenschuppen sein. Er läßt nämlich gerade den Traktor überholen.«

Bony stellte sich dem Verwalter als Ed Bonnay vor und zog ihn außer Hörweite des Mechanikers, der am Traktor arbeitete. Im Schatten eines Kalebassenbaums setzten sie sich.

»Ihr Boß sagte mir, daß ich mit Ihnen über die Auffindung von Maidstone sprechen könnte. Ich habe ein persönliches Interesse an dem Fall. Ihr Boß kennt den Grund dafür. Er weiß auch, warum ich Sie bitte, meine Fragerei schleunigst wieder zu vergessen, sobald ich mich von Ihnen verabschiede. Genügt Ihnen das?«

Der Verwalter musterte den Mischling neugierig, dann grinste er verständnisvoll.

»Okay, Ed. Wenn es der Boß so möchte, habe ich Sie heute überhaupt nicht gesehen. Was wollen Sie wissen?«

»Denken Sie doch einmal zurück an den Tag, an dem Sie Maidstone gefunden haben. Sie kamen mit zwei schwarzen Trackern zum Gattertor und passierten es. Da Sie den Weg zum Lake Frome kennen, fuhren Sie weiter, bis Sie das Motorrad entdeckten, das an einem Baum lehnte. Was geschah dann?«

»Was dann geschah? Ich sah, daß sich beim Brunnen Krähen zu schaffen machten. Einer der Abos meinte, es sähe ganz so aus, als liege dort ein Mensch. So war es auch. Maidstone lag auf dem Gesicht, das Kochgeschirr einen Meter entfernt. Wir entdeckten Kamelspuren, und sofort mußte ich mir diesen Unsinn über das Ungeheuer vom Lake Frome anhören. Der eine Abo meinte, das Ungeheuer habe den Mann zu Tode getrampelt. Der ältere Eingeborene schwieg allerdings. Wir drehten Maidstone um und sahen sofort den Blutfleck im Sand. Nun wies ich die Abos an, nach Spuren zu suchen. Inzwischen holte ich eine Plane vom Wagen, um den Toten zuzudecken. Die Abos suchten zwischen Brunnen und See alles ab. Dann fuhr ich im Eiltempo nach Quinambie zurück und erstattete Meldung.«

»Hatten Sie den Eindruck, daß sich die Abos nicht recht wohl in ihrer Haut fühlten?« fragte Bony weiter.

»Nur wegen des Ungeheuers. Anscheinend mochten sie sich nicht gern westlich vom Zaun im freien Gelände aufhalten. Das gleiche gilt für die Schwarzen vom Lake Frome. Wie mir Levvey sagte, reiten sie gern das Gelände ab, aber sie hassen es, zu Fuß arbeiten zu müssen.«

»Ihre Tracker haben also keine verwertbaren Spuren gefunden?«

»An diesem Tag nicht. Am nächsten aber kam heftiger Wind auf, der alles zuwehte und auch die letzte Hoffnung zunichte machte.«

»Das war der Tag, an dem die Polizei eintraf?«

»Richtig. Ein Sergeant und zwei Wachtmeister in Zivil. Der eine Wachtmeister brachte die Leiche nach Broken Hill. Den anderen beiden Beamten stellte ich Campingausrüstung zur Verfügung. Sie führten ihre Ermittlungen von Maidstones Lager aus. Es ist die undurchsichtigste Geschichte, die ich je erlebt habe.«

»Besten Dank für Ihre Auskünfte.«

Bony verabschiedete sich und schlenderte zum Herrenhaus zurück, wo er noch einmal Commander Joyce aufsuchte.

»Ich habe mit dem Verwalter gesprochen«, sagte er. »Nochmals besten Dank für Ihre Unterstützung. Vielleicht weisen Sie ihn auch noch einmal darauf hin, daß er mit niemandem über meine Ausfragerei sprechen soll. So, und nun mache ich mich wieder auf den Weg. Zur Tarnung habe ich erklärt, Chlorodyne zu benötigen. Ich bitte Sie deshalb, mir eine Flasche zu verkaufen. Vielleicht brauche ich das Zeug tatsächlich einmal. Außerdem habe ich hier einige Briefe, die ich weiterzuleiten bitte. Wie ich bereits erwähnte, ist ein Schreiben für den Chefinspektor in Broken Hill bestimmt. Sollten tatsächlich Viehdiebe am Werk sein, wird er tun, was er kann.«

»Gut, das will ich gern besorgen.« Commander a. D. Joyce zögerte kurz. »Tut mir leid, daß Sie sich als Zaunarbeiter tarnen müssen. Meine Frau und ich hätten uns sehr gefreut, wenn Sie bei uns hätten wohnen können. Doch bei einem Fencer würde das zwangsläufig Verdacht erregen.«

»Sehr nett von Ihnen. Aber ich muß vom Zaun noch eine ordentliche Portion Stachelgras entfernen.«

Das Chlorodyne wurde vom Lager besorgt, dann schlenderte Bony zu der ans Herrenhaus angebauten Küche zurück. Der Koch musterte ihn mit einem fragenden Lächeln.

»Na, wie findest du den alten Knaben?« wollte er wissen.

»Ganz umgänglich«, antwortete Bony. »Er wollte wissen, wie das Wasser bei Brunnen neun ist. Und noch einige andere Dinge. Ich habe das Chlorodyne gekauft. Wenn ich ins Camp zurückkomme, nehme ich gleich noch eine Dosis. Hast du vorhin nicht von einer Tasse Tee gesprochen?«

»Allerdings. Er ist frisch aufgebrüht. Setz dich doch. Ich schenke dir gleich ein. In der Dose da drüben sind noch ein paar Kuchen. Gefällt dir deine Arbeit?«

»Bis jetzt schon. Ich habe gehört, daß es nur übel wird, wenn der Willy-Willy bläst.«

»So ist es, Ed. Wenn der Sandsturm tobt, ist es wüst. Ich habe den Zaun noch nie gesehen. Habe auch keine Sehnsucht danach. Hast du schon das Ungeheuer gehört?«

»Nein. Ich bezweifle, daß es überhaupt existiert.«

»Tja, sowohl Nugget als auch Bohnenstange Kent haben es schon mehrmals gehört. Die Schwarzen haben eine Heidenangst vor dem Biest. Der alte King Moses hat seine Leute angewiesen, sich nicht zu nahe an den Zaun heranzuwagen und bei Nacht nicht umherzuwandern.«

»King Moses ist der Boß der Abos?«

»Ja. Und tatsächlich ein richtiger Boß.«

»Ist er der Medizinmann?«

»Nein. Medizinmann ist Charlie der Spinner. Es wird behauptet, daß er noch mit dem Deutebein arbeitet – und was es an derartigem Zauber noch mehr gibt. Nicht daß ich daran glaube. Meines Erachtens ist alles nur Humbug. Herr im Himmel, wenn die Abos tatsächlich einen Menschen umbringen könnten, indem sie einfach mit einem Knochen auf ihn deuten, könnten wir uns gleich begraben lassen.«

»Wo haben die Eingeborenen ihr Camp?«

»Ihr festes Lager ist bei Brunnen sechs. Der Boß will die Abos nicht beim Herrenhaus haben. Höchstens, wenn der Hausierer kommt. Hier, trinke noch eine Tasse.«

»Danke gern. Mein Magen ist schon wieder in Ordnung. Kannst du mir etwas Fleisch mitgeben?«

»Klar. Und nimm auch gleich noch einen Laib Brot mit. Schmeckt doch besser als Damper. Mir ist immer schleierhaft, wie man von diesem ungesäuerten Buschbrot leben kann.«

»Nett von dir. Für wie viele Leute mußt du eigentlich kochen?«

»Für drei Weiße und zwei Schwarze. Dann natürlich noch für den Boß und seine Frau und für einen Buchhalter – wenn einer da ist. Ab und zu kommen Besucher. Kein schlechter Job. Meine Frau hält das Herrenhaus in Ordnung.«

»Dann stimmt die Kasse also. Fährst du oft weg?«

»Wir machen jedes Jahr sechs Wochen Urlaub.«

Zwei Männer traten in die Küche und wurden vom Koch freudig begrüßt. Sie nickten Bony zu, bedienten sich aus der Teekanne und der Kuchendose. Der Koch stellte sie als den Tischler und den Mechaniker der Viehstation vor. Der Mechaniker war schmächtig und trug einen khakifarbenen Overall. Er wollte sofort wissen, ob Bony davon gehört habe, daß man am Lake Eyre einen Versuch unternehmen wolle, den Geschwindigkeitsrekord zu Lande zu brechen. Gewiß, erwiderte Bony, davon habe er in Broken Hill gerüchtweise gehört, doch entschieden sei noch nichts.

»Was macht denn mein alter Freund Bohnenstange?« fragte der Tischler. »Hast du ihn schon getroffen?«

»Ja. Vor einigen Tagen haben wir gemeinsam bei Brunnen zehn kampiert«, antwortete Bony. »Wie sein Spitzname ja andeutet – Kent ist wirklich reichlich dürr.«

»Wenn er noch dürrer wäre, würde ihn der nächste Sturm davonwehen«, meinte der Koch. »Der größte Lügner in der ganzen Gegend. Er denkt sich die tollsten Dinge aus, während er am Zaun arbeitet. Na ja, schließlich ist es seine einzige Abwechslung.«

»Zum Beispiel diesen Unsinn über das Ungeheuer vom Lake Frome«, fügte der Tischler grinsend hinzu.

Da sei er anderer Ansicht, meinte der Mechaniker. An dieser Geschichte sei bestimmt etwas Wahres daran.

»Mir hat er erzählt, das Ungeheuer hätte mitten in der Nacht mal aus dieser, dann wieder aus jener Richtung gebrüllt«, fuhr der Tischler fort. »Ein andermal hat er behauptet, fünf Reiter hätten das Ungeheuer verfolgt, aber kein Mensch hat ein Wort davon erzählt. Er ähnelt immer mehr dem verrückten Pete. Wird Zeit, daß Bohnenstange am Zaun Schluß macht. Wie lange ist er eigentlich schon Fencer?«

Der Verwalter, der gerade hinzukam, erklärte, daß Bohnenstange seit sechs Jahren am Zaun arbeite und seinen Urlaub stets in Broken Hill verbringe. Er war allerdings ebenfalls der Ansicht, daß Bohnenstange Kent noch verrückt würde, wenn er so weitermache.

Bony verabschiedete sich. Er war froh, daß ihm der Koch frisches Fleisch und einen Laib Brot mitgegeben hatte. Andererseits waren ihm nun gelinde Zweifel gekommen, ob Bohnenstange die Geschichte mit den Viehdieben vielleicht nur erfunden hatte.

7

Einige Tage nach der Unterredung mit Commander Joyce und dessen Verwalter konnte Bony seine erste Erfahrung mit dem anstürmenden Stachelgras sammeln. Bereits Stunden vorher kündigte der weißliche Himmel den aufkommenden Wind an. Er wehte zunächst von Nordwesten und dann von Westen her, wobei seine Gewalt immer mehr zunahm. Bony war bisher mit seinem Abschnitt zufrieden gewesen, denn nirgends hatten sich Unkraut oder abgebrochene Zweige festsetzen können.

Zunächst zauste der Wind die Akazien, riß das trockene Laub von den Eukalyptusbäumen, und die Blätter verfingen sich im Maschendraht. Der Wind zerrte an dem dürren Stachelgras, bis die Filigranbälle von den Stengeln abbrachen und auf den Zaun zurollten. Im Handumdrehen war rings um Bony alles in Bewegung geraten. Stachelgraskugeln, Laub und Zweige wurden gegen den Zaun getrieben, wo sie das Fundament eines rasch anwachsenden Sandwalls bildeten.

Bony befand sich in dem gewellten Land südlich der Dünen. Mit der Heugabel schaufelte er die Stachelgraskugeln hinüber nach New South Wales, wo sie vom Wind weitergetragen wurden. Aber es war ein aussichtsloser Kampf, denn sobald er sich einen Schritt vorangearbeitet hatte, klebten hinter ihm bereits wieder die Stachelgrasbüschel am Zaun. Schließlich kapitulierte er und führte seine Kamele in den Schutz einiger Kohlpalmen. Er nahm ihnen die Lasten ab und befreite sie von den Hobbelketten. Die Tiere wandten dem heranfauchenden Wind ihre Hinterteile zu und legten sich flach auf den Boden.

Auf der dem Wind abgewandten Seite blieb das Stachelgras unbehelligt, aber die Luft war mit rötlichem Staub angefüllt, und die Sonne verwandelte sich in einen glutroten Ball. Es war, als ob der Westrand von New South Wales am Fuß eines endlosen Dammes lag. Stundenlang wurden die Stachelgraskugeln an Bony vorübergetrieben, und als der Inspektor zum Zaun blickte, sah er lediglich einen gelben Wall, über den ganze Knäuel der stachligen Bälle angesegelt kamen. Sie prallten gegen die Kohlpalmen, gegen die Leiber der Kamele. Den ganzen Tag über, bis tief in die Nacht hinein heulte der Sturm.

Gegen Morgen ließ die Gewalt des Sturmes rasch nach. Das Läuten des Kamelglöckchens verriet, daß die Tiere auf Futtersuche gegangen waren. Als es hell wurde, wälzte sich Bony unter der mit einer dicken Sandschicht beladenen Plane hervor, zündete das Lagerfeuer an und stelle das Teewasser auf.

Im Westen schien eine dunkle Sandwand aufzuragen, die sich bei näherem Hinschauen als gigantischer Graswall entpuppte. Die ganze Arbeit, die Nuggets Leute und Bony bisher geleistet hatten, war umsonst gewesen.

Den ganzen Tag lang schaufelte der Inspektor die Stachelgrasballen über den Zaun auf das Gebiet von New South Wales. Am nächsten Tag mußte er seine Kamele zur Tränke führen. Nachdem dies erledigt war, rechte er die Überreste an Gras, Laub und Zweigen zu großen Haufen zusammen und zündete sie an. Als Newton zur gewohnten Kontrolle auftauchte, hatte Bony den Zaun auf eine Länge von zwei Meilen gesäubert.

»Na, wie gefällt Ihnen der Job?« fragte der Zaunwart, und seine braunen Augen funkelten schelmisch.

»Ich glaube kaum, daß er mir auf die Dauer gefallen könnte«, stellte Bony sarkastisch fest. »Wie sieht der Zaun südlich meines Abschnitts aus?«

»Dort ist es nicht ganz so schlimm. Der Everest kann natürlich verschüttet worden sein. Genausogut ist es möglich, daß sein Gipfel weggeweht wurde. Wie steht es bei Ihren Kamelen mit Wasser?«

»Sie wurden vorgestern getränkt.«

»Dann werde ich heute nacht bei Ihnen kampieren.«

Bei Sonnenuntergang hörte Bony mit seiner Arbeit auf und ging zu Newton, der gerade ein Buschbrot backte. Gemeinsam kochten sie für den nächsten Tag gepökeltes Fleisch vor. Das Nachtmahl bestand aus kaltem Fleisch und Kartoffeln. Sie unterhielten sich über die vermutlichen Viehdiebstähle. Newton erklärte mit Nachdruck, daß kein einziges der gestohlenen Rinder – falls es sich tatsächlich um Diebstahl handelte – durch ein zu seinem Zaunabschnitt gehörendes Gattertor getrieben worden sei.

»Ich hielt es für besser, den Polizeichef von Broken Hill von dem Vorfall zu unterrichten, und da ich außerdem verschiedene Dinge mit Joyce zu besprechen hatte, besuchte ich den Viehzüchter neulich in seinem Wohnhaus. Ich benützte die Ausrede, mir den Magen verdorben zu haben. Joyce weiß nun, wer ich bin, und versprach jede Unterstützung. Auch den Verwalter habe ich eingeweiht. Dieses Risiko mußte ich eingehen. Der eine Abo, der den Verwalter begleitete, war Frankie. Leider habe ich vergessen, mich zu erkundigen, wie der zweite hieß, der beim Auffinden der Leiche dabei war. Wissen Sie zufällig, wer das war?«

»Ja, das war Charlie der Spinner.«

»Also der Medizinmann der Abos?«

»Ganz recht, Ed.«

»Von einem der Farmarbeiter erfuhr ich, daß Bohnenstange Kent sich oft die tollsten Geschichten ausdenkt. Halten Sie es für möglich, daß auch die Geschichte mit den Viehdieben ein Phantasieprodukt ist?«

»Möglich wäre es. Bohnenstange hat eine rege Phantasie. Ich will nicht behaupten, daß er vorsätzlich lügt, aber er sollte ganz einfach mit der Arbeit am Zaun aufhören und sich einen Job in Broken Hill suchen. Er geht noch nicht einmal zur Stammfarm von Quinambie, um seine Rationen zu holen. Auf diese Weise bekommt er – von den kurzen Zusammenkünften mit Levvey abgesehen – oft monatelang nur mich zu sehen und sonst keinen Menschen.«

»Ich habe es so eingerichtet, daß ich am oberen Ende meines Abschnitts mit ihm zusammentraf. Einen Tag lang war ich mit ihm zusammen.« Bony hob den Deckel von seinem Feldbackofen, um nachzusehen, wie das Buschbrot gedieh. »Bohnenstange könnte sich auch ganz einfach in mancherlei Hinsicht getäuscht haben. Er kann die Daten verwechselt haben und er kann sich eingebildet haben, Hobbelketten klirren gehört zu haben. Er weigerte sich standhaft, die Sache zu melden, und gab mir den guten Rat, die Geschichte sofort wieder zu vergessen. Er habe überhaupt nicht darüber sprechen wollen – es sei ihm nur eben so herausgerutscht.«

»Nun, ich kümmere mich nicht allzuviel um ihn«, meinte Newton. »Ich kann mich nicht einmal darauf verlassen, daß alles stimmt, was er mir über seine Arbeit erzählt. Das einzige, was zu seinen Gunsten spricht, ist der Umstand, daß tatsächlich quer über die Straße Viehspuren führten, als der Verwalter von Joyce Maidstone suchte. Aber das besagt natürlich nicht, daß die Rinderherde während der Nacht weitergetrieben worden ist.«

»Joyce ist nicht sicher, ob im Augenblick überhaupt Vieh gestohlen wird. Bohnenstange behauptet aber, daß dies hin und wieder vorkäme.«

»Da würde ich eher Joyce Glauben schenken.«

»Was ist eigentlich dieser Charlie der Spinner für ein Mensch?« fragte Bony nachdenklich.

»Na ja, er ist der Durchschnittstyp des Eingeborenen. Wenn es auf Quinambie viel Arbeit mit dem Vieh gibt, hilft er. Die übrige Zeit lungert er herum.«

»Aber seine Stammesangehörigen hält er in Zucht.«

»Das stimmt, Ed. Die Abos in dieser Gegend stehen noch auf einer reichlich niedrigen Kulturstufe. Sie leben völlig isoliert und halten draußen bei Brunnen sechs ihre Zeremonien ab. Ab und zu gibt es eine Rauferei, aber niemals ernsthafte Scherereien. Vor reichlich zehn Jahren gab es einmal zwei Tote, und die Polizei hatte größte Mühe, etwas Licht in die Geschichte zu bringen.«

»Wurde jemand verhaftet?«

»Ein junger Eingeborener wurde verhaftet und erhielt drei Jahre Gefängnis. Seitdem hat sich kein derartiger Zwischenfall mehr ereignet.«

»Ist der Medizinmann jung oder alt?«

»Ungefähr fünfzig – würde ich sagen. Häuptling Moses könnte hundertfünfzig Jahre alt werden, ohne sich ein einzigesmal in seinem Leben gewaschen zu haben. Sollten Sie ihm einmal begegnen, dann halten Sie sich auf der Luvseite. Bevor das Ungeheuer auftauchte, besuchten sie manchmal die Eingeborenen vom Lake Frome. Anscheinend wurde der Stamm auseinandergerissen, als seinerzeit der Zaun gebaut wurde.

Daraufhin haben sich die in Südaustralien lebenden Abos ihren eigenen Häuptling gewählt. Wissen Sie über die Eingeborenen Bescheid?«

»Nur wenig«, log Bony. »Ich hatte nicht viel Zeit, mich mit den Abos zu beschäftigten. Ich bin in einer Missionsstation aufgewachsen und ging später nach Brisbane auf die Universität.«

Die Unterhaltung trieb allgemeineren Dingen zu, und am nächsten Morgen setzte Newton seinen Weg nach Norden fort, während Bony wieder an seine Arbeit zurückkehrte. Der Nachmittag war halb vorüber, als zwei Besucher auftauchten. Sie kamen am Zaun entlang von Norden, und wegen der hohen Wand aus Stachelgras sah Bony sie erst, als sie bereits ganz in der Nähe waren. Ein alter Eingeborener saß auf einem Pferd, das von einem jungen Abo geführt wurde.

»Guten Tag!« grüßte Bony.

Er lehnte die Heugabel an den Zaun und drehte sich eine seiner sogenannten Zigaretten. Der Reiter zügelte das Pferd und musterte Bony durch den Maschendraht. Der junge Mann kam ebenfalls heran. Für einen Eingeborenen sah er recht gut aus.

»Gib Tabak«, verlangte der Alte mit befehlsgewohnter Stimme, und Bony reichte ihm nachdenklich ein kleines Quentchen durch den Maschendraht.

»Old Moses beherrscht praktisch nur unseren Stammesdialekt«, erklärte der junge Mann. »Hätten Sie wohl eine Zigarette für mich übrig?«

Bony reichte ihm etwas Tabak und ein Blättchen Papier. Streichhölzer hatten die Schwarzen selbst.

»Wir suchen ein Pferd«, fuhr der junge Mann fort. »Sie haben im Süden keine Spuren gesehen?«

»Nein. Wie heißen Sie?«

»Ich bin Frankie. Ich arbeite auf Quinambie und mache gerade ein paar Tage blau. Hab schon von Ihnen gehört. Sie sind Ed Bonnay.«

Moses murmelte etwas. Frankie grinste und übersetzte.

»Moses möchte wissen, ob Sie in letzter Zeit das Ungeheuer gehört haben.«

»Nein, ich habe es überhaupt noch nicht gehört.«

»Aber seine Spuren gesehen?« fragte Frankie weiter.

Bony schüttelte den Kopf. »Die würde ich überhaupt nicht erkennen. Wie sieht das Ungeheuer denn aus?«

»Keine Ahnung.«

Der junge Mann sprach mit Häuptling Moses. Der Alte murmelte etwas, kaute einige Sekunden lang Tabak, dann murmelte er erneut und deutete auf Bony.

»Der Alte möchte wissen, woher Sie kommen«, sagte Frankie nicht eben ehrerbietig.

Mit ernster Miene zog Bony sein Hemd und das Unterhemd aus. Er drehte sich um, damit Moses seinen Rücken betrachten konnte, der die Tätowierungsnarben von den Initiationsriten aufwies. Dann zog er Unterhemd und Hemd wieder an und fragte Frankie, ob Old Moses nun klüger sei.

Die Frage wurde übersetzt, und der Häuptling schüttelte heftig sein altersgraues Haupt. Dann verlangte er noch etwas Tabak. Bony erwiderte, er sei sehr knapp. Daraufhin zog Moses einen schönen Priem Kautabak aus der Tasche und reichte ihn seinem Begleiter, damit der ihm eine Scheibe abschneiden konnte, denn der Alte besaß keine Zähne mehr, um sich etwas abzubeißen.

»Schlauer Bursche«, meinte Bony. »Sagen Sie ihm, ich

käme aus North Queensland – obwohl er kaum wissen dürfte, wo das liegt.«

Urplötzlich riß der Häuptling das Pferd herum und ritt vom Zaun weg. Frankie folgte ihm, und die beiden verschwanden in nordöstlicher Richtung. Das war eine ganz nette Abwechslung, dachte Bony. Vielleicht nicht ohne Bedeutung für meine Ermittlungen. Dann griff er nach der Heugabel und arbeitete weiter.

Als die Sonne unterging, suchte er seine Kamele. Sie hatten sich eine volle Meile entfernt. Bony brachte sie zum Lager zurück und gab Old George sein Waschwasser zu saufen, um ihn zu beruhigen, denn das Kamel hatte sich bereits in Richtung auf einen Brunnen entfernt, als die beiden Tiere von Bony eingeholt wurden. Zwei Tage später brachte er die zwei Kamele zum Brunnen neun, der am günstigsten zu erreichen war.

Der See, der sich durch das abfließende Brunnenwasser gebildet hatte, war nicht so groß wie bei Brunnen zehn. Nachdem sich die Kamele niedergekniet hatten, band Bony ihre Vorderbeine am Boden fest und unternahm einen Rundgang um den See. Keinerlei Viehspuren waren zu entdecken und nicht eine einzige Pferdespur. Und doch war Häuptling Moses in dieser Richtung davongeritten, aber weder er noch Frankie hatten es für nötig befunden, den See zu umrunden, um nachzusehen, ob das vermißte Pferd vielleicht hier seinen Durst gelöscht hatte. Die Geschichte von dem vermißten Pferd war also offensichtlich erfunden. Old Moses hatte mit seinem Besuch einen anderen Zweck verfolgt. Bony hätte zu gern gewußt, ob der Häuptling sich vielleicht lediglich den fremden Mischling einmal hatte ansehen wollen.

Der Sandsturm hatte hier auch die letzten Spuren verwischt, so daß Bony nichts Wichtiges entdecken konnte, was auf Maidstones Aufenthalt hingewiesen hätte. Aber hartnäkkig, wie er nun einmal war, drehte er eine zweite Runde um den See – diesmal dicht am Busch entlang. Der Weg am Rand der kahlen Fläche, die von den zur Tränke kommenden Rindern getrampelt worden war, mochte ungefähr zwei Meilen lang sein.

Der von Maidstone benützte Buschpfad berührte den See auf der dem Brunnen gegenüberliegenden Seite. Hier fand Bony eine leere Streichholzschachtel, die, am Fuße eines Baumes liegend, halb mit Sand zugeweht war. Vielleicht hatte Maidstone sie weggeworfen, während er hier haltgemacht hatte, um den Brunnen zu fotografieren. Sie konnte aber auch vom Verwalter oder einem der beiden Schwarzen, die ihn begleitet hatten, weggeworfen worden sein. Die Überbleibsel eines Lagerfeuers waren nicht zu entdecken. Sollte Maidstone tatsächlich hier abgekocht haben, war die Asche längst vom Sand zugeweht worden.

Gewohnheitsmäßig steckte Bony die Zündholzschachtel ein. Es handelte sich um eine andere Marke als die, welche er im Lager von Quinambie erstanden hatte. Die Schachtel war also zweifellos von Maidstone weggeworfen worden.

Der Verwalter hatte vor der Polizei ausgesagt, daß Maidstone an dieser Stelle ein Feuer angezündet habe, um sich das Mittagessen zu bereiten. Die Überreste dieses Lagerfeuers habe er gesehen. Der Wind hatte zwar die Asche zugeweht, aber Bony war entschlossen, die Angaben des Verwalters nachzuprüfen. Er holte deshalb seinen Rechen und harkte den Boden auf, wobei er den kleinen sandigen Erhebungen besondere Beachtung schenkte. Nachdem er einige Baumstümpfe freigelegt hatte, fand er die Überreste von Maidstones Feuer. Der Sand war streifenförmig geschwärzt, denn auch die Asche war davongetragen worden. Halbverbrannte dünne Zweige lagen da, aber auch die nur angesengten Enden dicker Äste. Es hatte sich also um ein großes Feuer gehandelt – viel zu groß um lediglich im Kochgeschirr das Teewasser zu erhitzen.

Diese Entdeckung warf verschiedene Fragen auf. Die Überreste des Lagerfeuers bewiesen eindeutig, daß es eine ganze Nacht gebrannt hatte.

Bisher hatte man angenommen, daß Maidstone an diesem Brunnen haltgemacht hatte – und zwar an dem Tag, an dem er Quinambie verlassen hatte. Man glaubte, er habe hier fotografiert, sich für das Mittagessen Tee gekocht und sei dann zu Brunnen zehn weitergefahren. Hatte er aber an dem Tag, an dem er von Quinambie abgereist war, hier sein Lager aufgeschlagen, konnte er Brunnen zehn nicht schon am achten, sondern frühestens am neunten Juni erreicht haben.

Bony erinnerte sich an die Geschichte, die Bohnenstange Kent über die vorüberziehende Viehherde erzählt hatte. Angeblich hatte Bohnenstange zwei Meilen nördlich des Gattertors kampiert und am Morgen des zehnten Juni, gegen zwei Uhr, die vorbeiziehende Rinderherde gehört. Die Viehdiebe wären also mit der Herde nicht – wie bisher angenommen wurde – vierundzwanzig Stunden nach Maidstones Ermordung bei Brunnen zehn eingetroffen, sondern in den frühen Morgenstunden des Tages, an dem der Lehrer an dieser Stelle eintraf.

In diesem Fall war es durchaus möglich, daß die Viehdiebe etwas mit der Erschießung Maidstones zu tun hatten. Trotzdem fehlte bis jetzt immer noch ein Motiv. Und vermutlich hatten die Viehdiebe Brunnen zehn bereits wieder verlassen, bevor Maidstone dort eintraf. Die Zeitdifferenz war allerdings bereits beträchtlich zusammengeschrumpft.

Es war durchaus möglich, daß der Verwalter von Quinambie die Größe des Lagerfeuers nicht erkannt hatte – die beiden Eingeborenen aber mußten zweifellos die richtigen Schlüsse gezogen haben. Bony hätte nun zu gern gewußt, warum die Abos den Verwalter nicht darauf hingewiesen hatten, daß Maidstone am achten Juni hier übernachtet hatte. Vielleicht waren sie dazu einfach zu faul gewesen. Vielleicht hatte der Verwalter die Schwarzen nicht ausdrücklich danach gefragt, weil er überzeugt gewesen war, daß Maidstone nicht schon hier sein Lager aufschlagen, sondern bis Brunnen zehn weiterfahren würde.

Bony nahm den Rechen und harkte Sand über die Asche. Dann verwischte er mit einem Zweig die Spuren, die der Rechen hinterlassen hatte, löschte auch seine eigenen Spuren aus. Als er zum Zaun zurückmarschierte, war er überzeugt, daß die Abos sich absichtlich dumm gestellt hatten. Zweifellos waren sie Mitwisser des Mordes und hatten Anweisung, weder den Verwalter noch die Polizei in irgendeiner Weise zu unterstützen.

8

Bony war sich klar darüber, daß er es mit einem gerissenen Gegner zu tun hatte, wenn tatsächlich Eingeborene an der Ermordung Maidstones beteiligt gewesen waren. Es wäre allerdings nicht das erstemal, daß er es mit einem schwarzen Gesetzesbrecher zu tun hätte. Zwar war es bisher nichts weiter als eine Theorie – aber wenn die Eingeborenen von Quinambie tatsächlich Maidstones Mörder kannten, war leicht zu erklären, warum die bisherigen polizeilichen Ermittlungen ergebnislos bleiben mußten.

Diese Frage beschäftigte Bony auch noch, als er seine Arbeit am Zaun fortsetzte. In den letzten Tagen war es klar und windstill gewesen. In den kalten Nächten spendete das Lagerfeuer wohlige Wärme, während die Sterne am Firmament funkelten. Manchmal wunderte sich Bony, warum die Fencer unter derart rauhen Bedingungen ihre schwere Arbeit verrichteten. Gewiß, die Bezahlung war gut. Es gab auch keine Stechuhr und keine Akkordarbeit. Hier draußen war man ein völlig freier Mensch. Die Männer, die an den Grenzzäunen Dienst taten, wurden von keiner Fabriksirene kommandiert. Ein Mensch aber, der normalerweise im Büro arbeitete, mußte hier draußen noch viel schneller überschnappen als Bohnenstange Kent.

Acht Tage später, nachdem Bony mit King Moses und dessen Adjutanten gesprochen hatte, sah er Newton mit seinen Kamelen einen langen Abhang herunterkommen. Während dieser acht Tage hatte der Inspektor außer einem Dingo und seinen beiden Kamelen kein lebendes Wesen zu Gesicht bekommen, und er war froh, den Zaunwart zu sehen.

»Na, wie steht's?« fragte Newton.

»Der Zaun ist in einer nicht ganz so guten Verfassung wie damals, als Nugget mit seinen Leuten von hier weggegangen ist.«

»Viele Hände machen die Arbeit leicht, Ed. Sie haben durchaus nicht schlecht gearbeitet. Den Mount Everest hat es diesmal nicht erwischt. Wie steht es mit Ihren Rationen?«

»Ich habe keine Kartoffeln mehr und seit vierzehn Tagen kein frisches Fleisch. Ich wollte nach Quinambie gehen, sobald ich den Abzweig zu Ihrem Bambusgrasschuppen erreiche.«

»Dann können wir gleich zusammen gehen. Der Zaun kann jetzt schon mal für zwei Tage allein gelassen werden. Hat sich was ereignet? Haben Sie schon etwas herausgefunden?«

»Ich erhielt Besuch von Old Moses und Frankie«, erwiderte Bony und berichtete nähere Einzelheiten.

»Die beiden wollen nach einem Pferd gesucht haben? Dieser alte Halunke würde doch nie im Leben einem Pferd nachreiten. Da schickt er stets seine Leute. Der wollte Sie nur mal beäugen. Das war der Grund! An welcher Stelle des Zaunes traf er Sie denn so ›ganz zufällig‹?«

Bony erklärte es ihm, so gut er konnte. Dann koppelten sie Bonys Kamele mit der Nasenleine an das letzte Tier von Newton und machten sich auf den Weg nach Süden. Bony nahm seine Heugabel und marschierte auf der anderen Seite des Zauns entlang, warf einzelne Stachelgrasbüschel hinüber auf das Gebiet von Quinambie. Bei Sonnenuntergang schlugen die beiden Männer am Abzweig zum Schuppen ihr Lager auf.

Als sie sich rauchend an dem hell lodernden Feuer niederließen, entschloß sich Bony, Newton weiter ins Vertrauen zu ziehen. Er berichtete ihm, was er beim Brunnen 9 entdeckt und welche Schlußfolgerungen er daraus gezogen hatte.

»Wenn Sie an der Stelle des Verwalters gewesen wären – hätten Sie dann nicht erwartet, daß Ihnen die Schwarzen ihre Ansicht über das Lagerfeuer mitteilen?« wollte Bony wissen.

»Doch, das hätte ich erwartet. Sie mußten ja gemerkt haben, daß der Verwalter eine falsche Schlußfolgerung zog. Komisch, Ed – Frankie ist sonst immer sehr hilfsbereit. Daß keiner der Abos der Polizei gegenüber etwas erwähnt hat, mag seinen Grund darin haben, daß der Sergeant und seine Leute davon ausgingen, Maidstone sei geradewegs zum Brunnen zehn gefahren. Sie verließen sich auf die Aussage des Verwalters, daß Maidstone bei Brunnen neun lediglich Tee gekocht und einige Fotos gemacht habe.«

»Kommen Häuptling Moses oder sein Medizinmann viel in der Gegend herum? Geht der Stamm manchmal am Zaun entlang auf Wanderschaft?«

»Seit das Ungeheuer aufgetaucht ist und ihnen Angst eingejagt hat, nicht mehr sehr oft. Natürlich, zu gewissen Zeiten unternehmen sie auch heute noch ihre Wanderzüge.« Newton benützte einen meterlangen Zweig als Fidibus und zündete sich die Pfeife an. »Hier in dieser Gegend habe ich sie zum letztenmal vor ungefähr drei Monaten gesehen.«

»Besitzen viele von ihnen Gewehre?« fragte Bony.

»Schwer zu sagen. Ich kenne einige, die ein Gewehr besitzen. Als sie vor drei Monaten hier in der Gegend waren, schoß einer der Abos auf einen Adler. Er verfehlte ihn, traf aber um ein Haar Nugget, der oben auf einer Düne stand. Nugget wurde fuchsteufelswild und beschwerte sich bei mir. Als ich dann Moses das nächstemal traf, beschwerte ich mich meinerseits bei ihm. Es ist eben so: Die jungen Abos arbeiten ab und zu auf den Viehstationen, und für ihr Geld kaufen sie sich dann bei dem syrischen Hausierer ein Gewehr. Man sollte das unterbinden. Bei uns kann man genauso leicht ein Gewehr kaufen wie eine Dose Milch – auch wenn man in seinem ganzen Leben noch kein Gewehr in Händen hatte.«

»Die Kugel muß aber dicht bei Nugget eingeschlagen sein, wenn er Ihnen davon berichten konnte«, meinte Bony. »Er hätte genausogut umkommen können. Vielleicht ist auch

Maidstone einem derartigen Unfall zum Opfer gefallen, weil jemand leichtsinnig in der Gegend herumgeknallt hat. Damit wäre die Verschwiegenheit der Abos erklärt. Sie handeln ja niemals grundlos. Selbst, wenn sie eine Lubra mit dem Schweigebann belegen, haben sie einen guten Grund dafür. Wir müssen immerhin einräumen, daß alle Handlungen der Eingeborenen einer gewissen Logik entsprechen.«

»Ja, es könnte sich natürlich um einen Unfall gehandelt haben. Ich kann mir nicht vorstellen, daß sie Maidstone lediglich aus Übermut abgeknallt haben.«

Ein neuer Gesichtspunkt, und auch gleichzeitig eine Erklärung für die geringe Hilfsbereitschaft der Eingeborenen bei den Ermittlungen. Es dürfte sich lohnen, in dieser Richtung weitere Nachforschungen anzustellen. Es war ja Bony bisher nicht gelungen, ein Motiv für einen Mord zu finden.

»Wenn man einem Abo befiehlt, sich dumm zu stellen, dann ist er ein sehr guter Heuchler«, fuhr Newton fort. »Und ich wette, daß man diesen Abos befohlen hatte, sich dumm zu stellen. Nicht nur den beiden, die der Verwalter von Quinambie mitgenommen hatte, sondern auch den Eingeborenen vom Lake Frome. Wer aber kann allen Schwarzen einen Schweigebann auferlegen? Nur Charlie der Spinner natürlich! Und er war bei dem Verwalter von Quinambie, als die Leiche Maidstones gefunden wurde.«

»Richtig. Der Medizinmann brauchte nur die Stirn zu runzeln, und schon verstummten sämtliche Abos vom Lake Frome.« Bony nickte. »Dies würde er allerdings bestimmt nicht getan haben, um einen Weißen zu decken. Damit werden wir in unserer Vermutung bestärkt, daß ein Eingeborener Maidstone erschossen hat. Und in diesem Fall ist kaum daran zu zweifeln, daß es ein Unfall war. Raub liegt nicht vor. Jedenfalls fehlte von Maidstones Besitz nichts von irgendwelchem Wert.«

»Durchaus möglich. Trotzdem kann ich nicht recht verstehen, wie es zu einem solchen Unfall kommen konnte – es sei denn, ein kurzsichtiger Abo hat Maidstone für ein Känguruh gehalten.«

»Nun, ganz gleich, ob es ein Unfall war oder nicht – ich muß den Todesschützen finden. Seit der Tat sitzen die Abos auf beiden Seiten des Zauns tatenlos herum. Sie sprechen nicht einmal miteinander über den Mord. Das Thema ist ganz einfach tabu, und keine Macht der Erde wird die Schwarzen zum Reden bringen. Nun, ich habe auch früher schon einer derartigen Wand des Schweigens gegenübergestanden – nicht nur bei Eingeborenen. Ein kluger Mörder taucht ganz einfach unter und verhält sich still. Das gilt auch, wenn mehrere an der Tat beteiligt sind. Wie Karnickel sitzen sie im Bau. Ich muß nun dafür sorgen, daß sie ihren Bau verlassen, obwohl sie das Tageslicht scheuen. Die müssen etwas unternehmen. Und nun möchte ich gern, daß Sie etwas für mich tun.«

»Schießen Sie los, Ed.«

»Wenn wir nach Quinambie kommen, lassen Sie ein paar Bemerkungen fallen, daß Sie vermuten, ich sei ein Detektiv, der den Fall Maidstone aufklären möchte. Sorgen Sie vor allem dafür, daß die Eingeborenen es hören. Übertreiben Sie ruhig, und verkünden Sie, daß ich schon bald den Täter verhaften werde. Wie Sie vorgehen, überlasse ich Ihnen.«

»Ich soll also lediglich Andeutungen machen?«

»Ganz recht. Erzählen Sie, daß ich Sie dauernd über den Mord ausfrage. Und daß ich mich schrecklich für die Eingeborenen interessiere, auch für Nugget. Sie werden sich schon eine glaubhafte Geschichte ausdenken.«

Newton lachte leise. Plötzlich brach er ab und wurde sehr nachdenklich.

»Könnte das aber nicht recht gefährlich werden für Sie?« meinte er schließlich. »Bei dem einsamen Leben, das wir führen, könnte man Sie leicht aus dem Weg räumen. Niemand kann Ihnen den Rücken decken, und wenn Ihnen plötzlich ein ›Unfall‹ zustößt, würde kein Mensch Verdacht schöpfen.«

»Dieses Risiko muß ich eingehen. Sie dürfen mir glauben, daß es mir nicht leichtfällt, aber ich bin nicht nur hierhergekommen, um Stachelgrasbüschel über Ihren Zaun zu schaufeln.«

»Schon gut. Ich werde diese Gerüchte in Umlauf setzen. Aber wenn ich an Ihrer Stelle wäre, würde ich mehr nach hinten als nach vorn schauen. Und wie steht es mit den Nächten?«

»Machen Sie sich keine Sorgen. Ein vorsätzlicher Mord will wohl überlegt sein. Und gerade während der Vorbereitungen kann das ausersehene Opfer seine Gegenmaßnahmen treffen.«

Bony erhob sich, um das Kochgeschirr mit Wasser zu füllen und eine letzte Tasse Tee aufzubrühen. Das Läuten des Kamelglöckchens verriet, daß die Tiere sich zur Nacht niederlegten. Eine Sternschnuppe huschte über den Himmel, und eine Eule stieß ihren klagenden Schrei aus. Danach trat tiefes Schweigen ein, und als die Männer schließlich ihre Planen ausbreiteten und sich in die Decken wickelten, unterbrach lediglich ein leises Rascheln die nächtliche Stille der unendlichen Landschaft.

Commander a. D. Joyce hatte immer noch keinen Buchhalter gefunden. Er mußte deshalb Bony und Newton persönlich zum Lager begleiten und ihnen die gewünschten Sachen aushändigen. Bei dieser Gelegenheit weihte Bony den Commander in seinen Plan ein, und Joyce war ebensowenig davon begeistert wie Newton. Als Bony später mit seinem Fleischsack den Koch aufsuchte, trödelte der Zaunwart absichtlich noch etwas herum.

»Guten Tag, Ed!« begrüßte der Koch den Mischling. »Was macht der Magen?«

»War bereits am nächsten Tag völlig in Ordnung. Und wie steht's bei dir?«

»Okay, Ed. Du plagst dich also immer noch am Zaun ab. Wie gefiel dir denn neulich der Willy-Willy? Hat ganz schön Sand und Stachelgras durch die Gegend gewirbelt.«

Der Koch nahm das feuchte Tuch weg, das die Rinderhälfte zudeckte, und säbelte höchst sachkundig ein ordentliches Stück Fleisch ab.

Mit ungefähr zwanzig Pfund frischem Rindfleisch kehrte Bony zu den Kamelen hinter dem Maschinenschuppen zurück, und gleich darauf machte sich Newton auf den Weg, um sich seine Fleischration abzuholen. Bony sah, wie Frankie die Pferdekoppel verließ und hinter Newton zur Küche schlenderte. Der Zaunwart benötigte ziemlich lange, und ein grimmiges Lächeln glitt über das Gesicht des Mischlings. Er konnte sich lebhaft vorstellen, wie Newton seine Köder auswarf.

Auf dem Rückweg zum Bambusgrasschuppen sprachen die beiden Männer kein Wort miteinander. An ihrem Ziel angekommen, nahmen sie den Kamelen die Lasten ab und ließen die Tiere frei. Dann wurde der größte Teil des Fleisches eingesalzen.

»Frankie hat die Ohren gespitzt und nicht ein einziges Wort verpaßt«, berichtete Newton schließlich. »Hat so getan, als interessiere er sich überhaupt nicht für den Koch und mich. Als der Koch von mir wissen wollte, wie Sie mit der Arbeit am Zaun fertig würden, hakte ich gleich ein. Sie seien ein richtiges Greenhorn am Zaun, erwiderte ich. Und obendrein würden Sie fortwährend Fragen stellen. Darauf meinte der Koch, Sie seien auch viel zu gebildet für einen Fencer. Nun konnte ich unauffällig meinen Köder werfen. Ich sei überzeugt, daß Sie ein Kriminalbeamter seien, der sich als Fencer getarnt hat, sagte ich. Darauf würde ich jede Wette eingehen. Der Koch meinte sofort, er sei ebenfalls der Meinung, daß die Polizei den Fall Maidstone nicht einfach auf sich beruhen lasse. – Hat doch prächtig geklappt, wie?«

»Ausgezeichnet«, entgegnete Bony. »Frankie ist bestimmt sofort wie ein geölter Blitz zu Moses und dem Medizinmann gelaufen.«

»Der Koch hat mir meine Aufgabe sehr erleichtert. Ich habe allerdings nicht erwähnt, daß Sie schon bald eine Verhaftung vornehmen wollen. Ich halte das auch gar nicht mehr für nötig. Glauben Sie, daß die Abos schon bald etwas unternehmen?«

»Nein, so schnell nicht. Die Stammesältesten werden zunächst am Lagerfeuer des Häuptlings eine Beratung abhalten, und dann wird Charlie der Spinner in Aktion treten und sich mit dem Medizinmann vom Lake Frome in Verbindung setzen. Sie werden es nicht für möglich halten, aber das geschieht durch Rauchsignal und Gedankenübertragung. Ich denke, die nächsten Tage werden für mich recht interessant werden.«

»Interessant ist gut.« Newton lachte. »Ich würde eher ›gefährlich‹ sagen.«

»Warum heißt der Medizinmann eigentlich Charlie der Spinner?«

»Keine Ahnung. Habe mich nie danach erkundigt. Wahrscheinlich haben ihn die Weißen so genannt, weil er Dinge treibt, die sie nicht verstehen.«

Am nächsten Morgen trennten sich die beiden Männer wieder. Newton marschierte nach Süden, um Nugget und seine Sippschaft zu inspizieren. Dem dunkelhäutigen Fencer gegenüber würde er allerdings keine Andeutungen machen, daß Bony Kriminalbeamter sei.

Bony setzte seine Arbeit am Zaun fort, hatte aber von nun an das Gewehr stets griffbereit.

Nach zwei Tagen unternahm Häuptling Moses den ersten Schritt. Es war ein windstiller Morgen, und Bony, der auf dem Rücken einer Düne arbeitete, sah, wie weit hinter Brunnen 9 ein Rauchsignal aufstieg. Die Eingeborenen vom Lake Frome würden zwar nur das obere, bereits leicht zerflossene Ende der Rauchsäule erblicken, aber das würde genügen, um den Häuptling oder den Medizinmann zu veranlassen, sich niederzuhocken und in tiefe Meditation zu versinken. Dann würde an zwei weit voneinander entfernten kleinen Feuern ein eifriges Gemurmel beginnen.

Bony gab den ersten Schuß ab, jedoch nicht auf ein menschliches Wesen. Er überquerte gerade die gewaltigen Sandberge und war auf einem Gipfel angelangt, da entdeckte er in der dahinterliegenden Senke einen Dingo, der von zwei Adlern angegriffen wurde. Der Dingo war in schwerer Bedrängnis. Ein Raubvogel, der im Tiefflug über die Ebene strich, konnte den Hund mühelos umwerfen, und bevor es dem Dingo gelang, aufzuspringen und weiterzurennen, war der zweite Adler da und traktierte ihn mit einem heftigen Flügelschlag. So nahm das grausige Spiel seinen Fortgang. Ununterbrochen griffen die beiden Adler mit ihren kräftigen Schwingen den Hund an, ohne ein einziges Mal mit ihren Fängen den Boden zu berühren.

Irgendwo in der näheren Umgebung mußte sich das Adlernest befinden. Am oberen Ende eines abgestorbenen Baumes in einer Astgabel gebaut, hatten die Raubvögel von ihrem hochgelegenen Nest einen prächtigen Ausblick. Und ihre Augen waren so scharf, daß sie noch auf eine Entfernung von zwei Meilen eine Buschratte erkennen konnten.

Der Hund hätte sich bei hellem Tageslicht nicht erwischen lassen dürfen. Sollte es ihm gelingen, seinen Verfolgern zu entkommen, würde er sich bestimmt nie wieder überraschen lassen. Doch so, wie die Dinge standen, war es für Bony klar, daß er den beiden Adlern nicht entwischen konnte. Sie würden ihre Angriffe fortsetzen, bis der Dingo qualvoll vor Erschöpfung starb. Bony zielte sorgfältig und gab dem geschwächten Tier den Gnadenschuß. Die beiden Adler zogen in weiten, majestätischen Spiralen davon.

Der Schuß hallte in den Senken, die die Dünen voneinander trennten, laut wider, und Bony hätte zu gern gewußt, ob er von jemandem gehört worden war.

Da der Wasservorrat knapp wurde und auch die Kamele getränkt werden mußten, wartete er mit dem Errichten des Nachtlagers und marschierte zunächst mit den beiden Tieren durchs Gattertor hinüber nach Südaustralien. Auf halbem Weg zum Brunnensee verriet ihm das Gebimmel von Old Georges Glöckchen, daß sich das Tier losgerissen hatte. Offensichtlich wollte das Kamel noch vor Bony den See erreichen; denn das Glöckchen läutete stürmisch, als das Tier davoneilte. Bony versuchte gar nicht erst, Old George einzufangen, denn dann hätte er Rosie freilassen müssen.

Als der Inspektor den See erreichte, stand Old George mit weit gespreizten Hinterbeinen am Ufer und soff immer noch. Bony führte Rosie zu George, und nachdem sich die beiden Kamele sattgetrunken hatten, ließ er sie niederknien, damit sie in Ruhe wiederkäuen konnten. Anschließend mußte er George die Lasten abladen, um an die nahezu leeren Wasserfässer zu gelangen. Nachdem die Eisenfässer gefüllt waren, mußte er für George eine neue Nasenleine anfertigen. Er hatte gerade die benötigte Länge von einem dünnen Seil abgeschnitten und eine Schlinge gemacht, die er über den Nasenknebel schieben wollte, als beide Tiere urplötzlich aufsprangen. Sie fuhren herum, kehrten nun dem See das Hinterteil zu. Bony hatte gerade noch Zeit, nach seinem Gewehr Ausschau zu halten. Es lehnte an einem Wasserfaß, aber Old George versperrte ihm den Weg.

Mit ungeheurer Geschwindigkeit näherte sich ein Kamel. Es war das größte Kamel, das Bony bisher gesehen hatte. Ein Schauer lief dem Inspektor den Rücken hinab, denn es bestand kein Zweifel: Das war das Ungeheuer vom Lake Frome!

9

Das Tier durchpflügte schaukelnd die Sandwüste und erinnerte unwillkürlich an ein Schiff bei rauher See. Es sah aus, als besitze es nicht vier, sondern nur zwei Beine. Kaum hatten sich die rechten Beine vom Boden gelöst, stampften sie bereits wieder auf, und die linken Beine lösten sich vom Boden. Der obere Teil des Körpers war dunkelbraun, wurde aber zu den Beinen hin immer heller. Das Kamel hatte den Kopf gesenkt und wirkte außergewöhnlich bösartig.

Bony wollte zu seinem Gewehr springen, doch in diesem Moment bewegte sich Old George und behinderte ihn. Als sich der Inspektor wieder umdrehte, war das Ungeheuer da.

Mit erstaunlicher Leichtigkeit kam es zum Stehen und blies seinen warmen Atem Bony ins Gesicht. Das Kamel stieß ein langes, gurgelndes Stöhnen aus, das den Mischling und seine zwei Kamele einhüllte. Bony hatte keine Zeit, lange zu überlegen, aber er besaß den Instinkt des Kameltreibers. Blitzschnell ließ er die Schlaufe der soeben angefertigten Nasenleine über die Schnauze des Tieres gleiten, packte das Leinenende und zog nach unten.

»Hoosta! Hoosta!« rief Bony und zerrte mit aller Gewalt an der Leine.

Das Kamel zog die aus dem Maul ragende Hautblase des Gaumensegels ein, und der Ausdruck des Hasses schwand aus seinen Augen. Es sank in die Knie, verstaute die Hinterbeine unter dem Bauch. Dann warf es den Kopf zurück und begann eifrig sein Futter wiederzukäuen.

Bony vernahm in seinem Rücken zufriedenes Brummen. Seine beiden Kamele hatten ebenfalls den Befehl zum Hinlegen befolgt. Der Schreck saß ihm noch in den Gliedern, und er hatte das Gefühl, als überkäme ihn Schüttelfrost. Aber er wußte genau, daß er nun keine Angst mehr zu haben brauchte.

»Was meinst du nun?« wandte er sich an das Ungeheuer vom Lake Frome. »Das Glück ist mir auch diesmal treu geblieben. Und du hattest ebenfalls Glück. Denn wenn ich an mein Gewehr gekommen wäre, lägst du jetzt tot im Sand. Ich glaube, du wolltest weiter nichts als Gesellschaft. Nette Gesellschaft. Du bist schlecht behandelt worden. Man hat dich ausgesetzt und hat auf dich geschossen und dich schließlich zum Ungeheuer gestempelt. Nun, warten wir's ab. Du hast deinen Nasenknebel verloren. Ich werde dir also Zaumzeug anfertigen, damit ich dich an einen Baum binden kann, um dir einen neuen Nasenknebel anzulegen. Aber laß dir eines gesagt sein: Wenn du dich schlecht benimmst oder gar bösartig wirst, erschieße ich dich, so wahr ich hier stehe.«

Das Kamel käute weiter sein Futter wieder und bewegte nicht einmal den Kopf, als Bony mit geschickten Händen aus der Nasenleine Zaumzeug flocht. Der Mischling lehnte sich versuchsweise gegen den Höcker, doch das Fell zuckte nicht einmal.

Bony zündete sich eine Zigarette an und versuchte, sich über seine Lage klarzuwerden. Er benötigte kein drittes Kamel. Die beiden, die ihm zur Verfügung standen, waren lammfromm – es sei denn, sie benötigten Wasser, um ihr Futter anzufeuchten. Andererseits war das zugelaufene Kamel ein kräftiges Tier in den besten Jahren, während Old George beinahe schon zu alt war, um die ihm aufgebürdeten Lasten zu tragen. Newton würde mit dem Zuwachs keineswegs einverstanden sein, zumal dieses Kamel – ob zu Recht oder Unrecht – als mordendes Ungeheuer hingestellt wurde. Immerhin, wenn es gelang, dieses Wildkamel abzurichten und ihm einen Packsattel aufzuschnallen, ließ sich der Zaunwart vielleicht umstimmen. Es gab zwar noch viele andere Wenn und Aber, doch Bony war entschlossen, dem Ungeheuer vom Lake Frome eine Chance zu geben.

Es war natürlich nicht vorauszusehen, wie sich das Ungeheuer benehmen würde, sobald man es allein ließ, doch Bony mußte es riskieren. Er mußte sein Gewehr holen und Old

George die Wasserfässer aufladen. Er nahm die Hand vom Höcker des Kamels und langte nach seinem Gewehr, doch das fremde Tier käute weiterhin zufrieden sein Futter wieder. Nachdem auch die Wasserfässer verladen waren, erhielt Old George eine neue Nasenleine. Dann befahl Bony dem Packtier, aufzustehen. Rosie erhob sich ebenfalls, und der Mischling befestigte das Ende von Georges Nasenleine an ihrem Reitsattel. Das ›Ungeheuer‹ stand ebenfalls ganz bedächtig auf, immer noch kauend, und ließ widerstandslos die provisorisch am Zaumzeug angebrachte Leine an Georges Packsattel festbinden. Auf dem Weg zu dem Platz, an dem Bony übernachten wollte, benahm es sich vorbildlich.

An der Stelle angelangt, an der er mit Bohnenstange Kent kampiert hatte, ließ er die Kamele niederknien, lud die Lasten ab und ließ die Tiere wieder aufstehen. Er fesselte Rosie und Old George die Vorderbeine, und da er Ersatzriemen und Hobbelketten hatte, holte er einen Satz und näherte sich dem Ungeheuer, um auch ihm die Vorderbeine zu fesseln.

Dies war bei einem fremden Tier stets äußerst gefährlich, denn man mußte sich tief bücken und war den schwieligen Sohlen und den scharf bewehrten Zehen hilflos ausgeliefert. Und wenn ein Kamel biß oder zutrat, konnte es einen Menschen fürs ganze Leben zum Krüppel machen – in einer einsamen Gegend wie hier konnte es sogar den Tod bedeuten.

Das Ungeheuer stand ruhig da. Bony durfte jetzt nicht zögern, durfte keine Unsicherheit zeigen. Er klopfte dem Tier beruhigend auf die Schulter, seine Hand glitt immer tiefer, am Bein entlang. Nun mußte er sich bücken, während das riesige Kamel wie ein Turm über ihm aufragte. Mit geschickten Griffen befestigte er die Riemen an den Vorderbeinen. Das Ungeheuer hatte sich nicht ein einziges Mal gerührt.

»Ich muß sagen, du bist ein vollendeter Gentleman«, murmelte Bony, während er zurücktrat. »Man könnte denken, daß du fleißig Lasten getragen hast, statt seit Monaten oder sogar seit Jahren den östlichen Teil von Südaustralien unsicher zu machen. Aber ich warne dich noch einmal: Solltest du bösartig werden, erschieße ich dich auf der Stelle.«

Als Bony später Rosie und George suchte, graste das Ungeheuer friedlich mit ihnen. Es folgte auch sofort George, als Bony seine beiden Kamele zum Lager zurückführte. Dort ließ Bony das Ungeheuer neben einem großen Baum niederknien, um es endgültig zu unterwerfen. Mit einem Packseil zog er den Kopf des Kamels fest gegen den Baumstamm, führte mit einigen geschickten Griffen den Nasenknebel in die Nüstern ein. Das Ungeheuer wehrte sich nicht, nur der Brüllsack erschien kurz aus dem Maul. Doch im nächsten Moment lockerte Bony die Leine, und das Tier konnte sich vom Baumstamm lösen.

Das Ungeheuer besaß nun ein ordentliches Zaumzeug und machte nicht die geringsten Schwierigkeiten, als es, mit der Leine an Georges Packsattel befestigt, die Karawane beschloß. Bony arbeitete auf den Sanddünen und ließ das Ungeheuer den ganzen Tag über nicht aus den Augen. Es zeigte nicht die geringsten Absichten, ihm nach dem Leben zu trachten. Deshalb machte sich Bony schließlich auch keine Sorgen mehr.

Es war am frühen Nachmittag. Bony war über den Zaun auf das Gebiet von Südaustralien geklettert und arbeitete dort am Zaun, als er drei Reiter entdeckte, die sich ihm näherten. Eine Minute später konnte er erkennen, daß einer der

Reiter ein Weißer war. Es war Levvey, der Verwalter der Lake-Frome-Station.

Die beiden Eingeborenen die ihn begleiteten, blieben etwas zurück, während Levvey zu Bony ritt. Er hatte die Augen zusammengekniffen, und wie üblich umspielte ein leichtes Lächeln seine wulstigen Lippen.

»Tag, Ed. Haben Sie hier draußen Vieh gesehen?«

»Schon seit längerer Zeit nicht mehr«, antwortete Bony und zog Tabaksdose und Zigarettenpapier aus der Tasche.

Levvey stieg ab und folgte dem Beispiel des Mischlings.

»Waren am Brunnen ein paar Rinder, als Sie dort waren?« fragte Levvey.

»Habe keine gesehen. Ich war vor vier Tagen dort.«

»Vielleicht sind sie weiter südlich. Wir möchten sie nach Westen treiben.« Die blauen Augen musterten den Fencer berechnend. »Wie gefällt die Arbeit?«

»Nicht schlecht. Ich habe alle Hände voll zu tun.«

Levvey blickte durch den Maschendrahtzaun zu den drei Kamelen, die am Boden lagen, machte aber keinerlei Bemerkung über das dritte Tier. Er lehnte sich mit dem Rücken gegen einen Zaunpfahl und sah nicht viel anders aus als Bony oder Newton. Er lächelte viel und schien mit seinem Leben zufrieden.

»Na, ein besonders schöner Job ist diese ewige Schaufelei am Zaun aber nicht«, meinte er beiläufig, und Bony wartete gespannt, was nun kam. »Nach jedem Sturm arbeiten Sie sich die Finger wund. Und in dieser Einsamkeit würde ich verrückt werden. Sollten Sie einen anderen Job suchen, kommen Sie zu mir. Haben Sie schon auf einer Viehfarm gearbeitet?«

»Von Zeit zu Zeit. Sie haben schon recht: Nach einem

Sturm gibt's viel Arbeit, aber die Bezahlung ist gut. Und ich beabsichtige sowieso nicht, lange hier zu bleiben.«

»Na schön, Ed. Überlegen Sie sich meinen Vorschlag. Ich muß mit Abos arbeiten, aber die sind nicht sehr zuverlässig. Einen Mann wie Sie könnte ich brauchen. Aber erzählen Sie Newton nichts davon. Die Abos haben Angst vorm Ungeheuer vom Lake Frome. Ich bezweifle allerdings, daß es überhaupt existiert. Und nachdem sich nun auch noch ein Lehrer hat umbringen lassen, haben die Abos noch mehr Angst gekriegt. Jetzt muß man ihnen erst einen Tritt geben, damit sie überhaupt etwas tun.«

»Vielleicht war es ein Unfall. Die Geschichte mit dem Lehrer, meine ich.«

»Ein Unfall! An diese Möglichkeit habe ich überhaupt noch nicht gedacht.« Levvey warf den Zigarettenstummel weg und drehte sich eine neue Zigarette. »Wie kommen Sie auf diese Idee?«

»Ist denn Nugget nicht um ein Haar von einem Abo erschossen worden? Newton erzählte mir von dem Vorfall.«

»Ja, das stimmt. Wir haben sogar darüber diskutiert. Wenn man es recht bedenkt, ist es für die Abos viel zu leicht, sich ein Gewehr zu beschaffen. Einem von meinen Abos habe ich schon gesagt, daß ich ihm das Gewehr wegnehme, wenn er sich nicht besser in acht nimmt. Leichtsinnige Burschen sind das. Wäre durchaus möglich, daß Maidstone durch Unvorsichtigkeit ums Leben kam. Ich sehe jedenfalls keinen Grund, warum ihn jemand hätte erschießen wollen. Er ist ja auch nicht beraubt worden.«

Levvey schien es nicht eilig zu haben weiterzukommen.

»Ich war in Broken Hill, als die Geschichte passiert ist«, meinte Bony. »Die Zeitungen waren voll davon. Die Polizei glaubt nicht, daß es sich um einen Unfall handelt. Aber was sollte es denn sonst gewesen sein?«

»Ganz richtig, Ed – was sollte es sonst gewesen sein. Niemand wird ohne Grund ermordet, und für diesen Mord gibt es doch kein Motiv. Haben Sie schon mal für die Polizei gearbeitet?«

»Ja, zweimal habe ich Spuren gesucht. Hätte auch zur Polizei gehen können, aber ich bin eben nicht seßhaft genug. Bei dem Lehrer haben die Abos nicht viele Spuren gefunden, wie?«

»Allerdings. Sie haben lediglich Maidstones Spuren gefunden, aber sonst nichts. Tja, es kann natürlich ein Unfall gewesen sein. Außerdem muß man den Abos Gerechtigkeit widerfahren lassen: Sie hatten nicht viel Zeit zur Spurensuche. Dann kam der Sturm und wehte alles zu.«

»Ein interessantes Thema.«

»Ganz recht«, pflichtete Levvey bei. »Tja, jetzt muß ich weiter. Wann werden Sie Newton vermutlich wiedersehen?«

»Schwer zu sagen.«

»Natürlich, Ed. Aber nochmals – wenn Sie einen Job suchen, wenden Sie sich an mich. Meine Frau ist eine gute Köchin. Und die Unterkunft ist auch gut.«

Levvey stieg in den Sattel, nickte und winkte. Dann ritt er mit seinen beiden Begleitern davon. Bony war an dieser Stelle mit der Arbeit fertig. Er kletterte über den Zaun, ließ seine schläfrigen Kamele aufstehen und entfernte sich ebenfalls in südlicher Richtung.

Er grübelte über Jack Levvey nach, zu dem das Leben im Busch durchaus paßte. Levvey hatte sich hart nach oben gearbeitet, verstand seine Arbeit und konnte ausgezeichnet mit den Eingeborenen umgehen. Zweifellos war er genau wie die

Abos in der Lage, Spuren zu lesen, doch im Ermittlungsbericht hatte nichts darüber gestanden, ob er am Tatort nach Spuren gesucht hatte. Vermutlich hatte er es nicht getan, denn er hatte ja gewiß gegenüber Commander Joyce sein Gesicht wahren wollen.

Levvey hatte die Theorie, daß es sich um einen Unfall gehandelt haben könnte, sofort ernsthaft in Betracht gezogen, da sie zweifellos zu allen ihm bekannten Tatsachen paßte. Bony kam langsam zu der Ansicht, daß es sich vielleicht wirklich um einen Unfall gehandelt hatte. Wenn die Eingeborenen zwischen Zaun und Brunnensee keine Spuren eines zweiten Mannes gefunden hatten, waren vielleicht tatsächlich keine zu sehen gewesen. Der Schuß konnte durchaus östlich des Gattertors abgegeben worden sein – entweder von einem Eingeborenen, aber ebensogut von Nugget oder Bohnenstange Kent. Besonders die letzten beiden konnten durch den Maschendraht geschossen haben. Anschließend waren sie dann, um beim See und dem Toten keine Spuren zu hinterlassen, zum Brunnen 9 gegangen, der mehrere Meilen vom Zaun entfernt auf dem Gebiet von New South Wales lag.

Nugget konnte nicht einfach als Tatverdächtiger ausgeschieden werden, weil er ein Savage-Gewehr besaß. Deshalb war noch nicht erwiesen, daß er nicht auch noch eine Winchester unter seinen Sachen versteckt hatte. Der Unfalltheorie mußte unbedingt weiter nachgegangen werden.

Schließlich gelangte Bony zum Abzweig, der zur Stammfarm von Quinambie führte. Der Mischling ging bis zum unteren Ende seines Zaunabschnitts weiter, und als er dort sein Lager aufschlug, kam Nugget mit seinen Leuten von Süden und schlug die Richtung zum Bambusgrasschuppen ein.

»Na, wie geht's, Ed«, begrüßte Nugget Bony.

»Ganz gut. Nach dem Sturm gab's ein wenig Arbeit, aber der Mount Everest hat alles ohne Schaden überstanden.«

Nugget und seine Leute interessierten sich mächtig für das Ungeheuer.

»Es gesellte sich beim Brunnen zehn zu uns und wollte uns partout nicht mehr verlassen, und da habe ich es einfach mitgenommen«, erklärte Bony. »Es ist völlig friedlich. Vermutlich ist es ein besseres Arbeitstier als Old George, der jedesmal Späne macht, wenn er nicht genügend Wasser hat.«

»Das habe ich dem Boß ja auch schon gesagt«, pflichtete Nugget bei, der sich für seine Pfeife Tabak zurechtschnitt. »Hätte Old George schon vor Jahren pensionieren sollen. Levvey sagt, er habe Sie getroffen. Sie hätten einen kleinen Schwatz gehalten.«

Die dunklen Augen musterten Bony. Offensichtlich hätte er zu gern gewußt, worüber man sich unterhalten hatte.

Bony erfüllte die unausgesprochene Bitte und berichtete, daß Levvey Vieh gesucht habe, das nach Westen getrieben werden sollte. Dabei allerdings beließ er es. Die Lubras gingen mit den Kamelen weiter, folgten Bonys Zaunabschnitt bis zum Abzweig. Die eine war ungefähr vierzig, die andere in den Zwanzigern. Die Kinder folgten den Frauen. Bony hatte ein Gewehr bemerkt, das in einem Segeltuchfutteral am Sattel des Leitkamels hing. Vermutlich das Savage-Gewehr, dachte Bony.

Dem Inspektor war nicht entgangen, daß das Ungeheuer beim Näherkommen von Nuggets Gruppe immer unruhiger geworden war. Zunächst hatte er den Grund dafür bei den fremden Kamelen, später bei den Frauen gesucht. Bony hatte einmal ein Kamel gekannt, das jedesmal wild wurde, wenn es nur von weitem einen Rock sah. Und ein zweites hatte jedesmal die Flucht ergreifen wollen, sobald ein Reiter in Sichtweite kam.

»Jack Levvey erzählte mir, Sie halten es für möglich, daß es sich nicht um einen Mord, sondern um einen Unfall gehandelt haben könnte. Er meinte, Sie hätten da vielleicht recht.«

»Sind Sie nicht selbst einmal um Haaresbreite erschossen worden?« fragte Bony.

»Stimmt, Ed. Die Kugel flog so dicht an mir vorbei, daß ich sie pfeifen hörte. Am liebsten hätte ich den Kerl ordentlich verprügelt, der geschossen hatte.« Nugget lachte, obwohl Bony keinen Grund dafür erkennen konnte. »Man sollte diesen Schwarzen gar nicht erlauben, Gewehre zu kaufen. Newton ist ganz meiner Ansicht.«

10

Wieder am nördlichen Ende seines Zaunabschnitts angelangt, setzte Bony seine Ermittlungen fort, um herauszufinden, ob es sich um einen Mord oder doch nur um einen Unfall gehandelt hatte. Er blieb am Gattertor stehen und stellte fest, daß man über das freie Gelände hinweg zwischen den Bäumen hindurch zu der Stelle blicken konnte, an der Maidstone zusammengebrochen war. Weder der Brunnen noch der See waren vom Gattertor aus zu sehen, denn auf der linken Seite, am Fuße der Sanddüne, standen die Bäume zu dicht. Er ging vom Tor aus nach Norden weiter, und nach hundert Metern konnte er die Pflöcke an der Fundstelle der Leiche noch besser erkennen. Außerdem war von dieser Stelle aus der See zu sehen.

Angenommen, Maidstone hatte sich auf dem Rückweg zu

seinem Lager befunden, dann hätte von dieser Stelle aus der Schütze den Lehrer keinesfalls übersehen können. Es sei denn, seine Aufmerksamkeit hätte einer Känguruhherde gegolten. Hätte der Schütze allerdings beim Gattertor gestanden und zwischen den Bäumen hindurch auf ein Känguruh gezielt, konnte er den Lehrer glatt übersehen haben. Der Schütze brauchte den Gewehrlauf lediglich durch den Maschendraht zu schieben, sorgfältig zu zielen und abzudrükken. Hatte er allerdings nur wenig Zeit gehabt, weil die Känguruhs vorbeigezogen waren, konnte er durchaus versehentlich Maidstone getroffen haben. Bony kam zu dem Schluß, daß ein Unfall möglich, wenn nicht sogar wahrscheinlich war.

Am Vorabend des Tages, an dem Bohnenstange Kent dem Verwalter von der Lake-Frome-Station seine Rationsliste mitgeben wollte, traf der Fencer bei Bony ein. Schon von weitem begann er mit seiner lautstarken Begrüßung. Nachdem er den Becher Tee, der bereits auf ihn wartete, getrunken hatte, machten er und Bony sich mit ihren Kamelen auf den Weg zum See. Neugierig erkundigte sich Bohnenstange nach dem hinzugekommenen Kamel, und Bony gab ihm die gleiche Erklärung, die er Nugget gegeben hatte. Sie tränkten die Tiere, füllten die Wasserfässer und nahmen ein Bad. Als sie wieder an ihrer Lagerstelle zurück waren und es sich anschließend am Feuer bequem machten, ging die Sonne unter.

Die beiden Männer hatten sich eine Menge zu erzählen. Zunächst berichtete Bony von seinem Zusammentreffen mit Levvey und später mit Nugget. Anschließend schilderte Bohnenstange Kent, nachdem er sich über seine Arbeit am Zaun ausgelassen hatte, ausführlich, wie ihm ein Leguan die Überreste eines kalten Stews gestohlen hatte, das er nicht zugedeckt hatte. Als die Sterne am Himmel erschienen und die

Glöckchen der weidenden Kamele leise läuteten, stellte Bony die Fragen, die ihn am meisten interessierten.

»Hast du hier in der Gegend schon mal durch den Maschendrahtzaun auf Känguruhs geschossen?«

»Ich könnte mich nicht erinnern. Warum?«

»Vielleicht zu dem Zeitpunkt, zu dem Maidstone erschossen wurde?«

»Ich glaube nicht. Nein, sogar ganz bestimmt nicht. Worauf willst du hinaus?«

»Ach, nur so. Was treibst du eigentlich abends, bevor du dich schlafen legst?«

»Dann führe ich Selbstgespräche, backe Brot für den nächsten Tag, bereite ein Stew fürs Frühstück – und was es eben sonst noch zu tun gibt.«

»Du tust also das gleiche wie ich. Selbstgespräche führe ich allerdings noch nicht. Aber wenn ich noch lange am Zaun arbeite, werde ich auch noch mit mir selbst reden. Ich habe mich hier überall gründlich umgesehen und viel über den Fall Maidstone nachgedacht. Ich glaube, es war ganz einfach ein Unfall. Nur möchte ich es gern beweisen. Das wäre eine kleine Abwechslung bei unserer eintönigen Arbeit.«

Bohnenstange benötigte einige Zeit, dann schien ihm klargeworden zu sein, daß man sich mit einem derartigen Problem auch nach vollbrachtem Tagwerk beschäftigen konnte. Bony drehte sich inzwischen eine Zigarette, nahm einen brennenden Zweig vom Lagerfeuer und zündete sie an.

»Vom Gattertor aus kannst du die Holzpflöcke sehen, die die Fundstelle von Maidstones Leiche markieren«, sagte er schließlich. »Dort befand er sich also, als er auf dem Rückweg zu seinem Lager war. Angenommen, jenseits des Gattertors stand gerade ein schönes fettes Känguruh. Der Mann mit der

Winchester braucht Fleisch, und er ist so darauf erpicht, das Känguruh zu erlegen, daß er Maidstone überhaupt nicht wahrnimmt. Er schießt also, verfehlt aber das Känguruh und trifft statt dessen den Lehrer.«

»Könnte so gewesen sein«, meinte Bohnenstange, und seine hohe Stimme klang vor Aufregung noch etwas heller. »Soviel ich weiß, hat die Polizei an diese Möglichkeit überhaupt nicht gedacht. Aber es muß so gewesen sein, Ed. Niemand hat sich bisher Gedanken darüber gemacht. Es gibt doch kein Motiv für einen Mord. Maidstone war hier in der Gegend völlig fremd, konnte also hier unmöglich Feinde haben. Ja, Ed, du kannst mit deiner Vermutung recht haben.«

»Ich glaube, die Polizei hat zuviel für erwiesen angesehen«, murmelte Bony. »Zunächst haben sie die Daten verwechselt, und außerdem haben sie auf dieser Seite des Zaunes keine Tracker nach Spuren suchen lassen. Angenommen, ein paar der auf Quinambie lebenden Abos waren hier. Einige von ihnen besitzen Gewehre. Angenommen, einer von ihnen schoß durch den Zaun, verfehlte sein Ziel und traf versehentlich Maidstone. Würde das nicht erklären, warum die Spurensucher nichts fanden, bevor der Sturm kam? Angenommen, du wärst der Abo mit dem Gewehr: Was würdest du getan haben?«

»Ich hätte mich aus dem Staube gemacht«, antwortete Bohnenstange prompt.

»Würdest du nicht erst hinübergegangen sein und nachgesehen haben, ob der Mann, den du getroffen hast, auch wirklich tot ist?«

»Ich hätte vom Zaun aus beobachtet, ob er sich bewegt, und dann wäre ich verschwunden. Genau das hätte ich als Abo getan. Außerdem mußt du bedenken, daß die Tracker schon deshalb keine Spuren finden konnten, weil die am Zaun entlangziehende Rinderherde alle Spuren ausgelöscht hatte. Ich war mit meinen Kamelen am See, und diese Spuren waren ebenfalls ausgelöscht.«

»Du glaubst, daß die Rinder an der Stelle gesoffen haben, an der wir unsere Kamele tränken?«

»Ungefähr hier würden sie sich vom Zaun entfernen und zum See laufen. Sie würden praktisch denselben Weg nehmen wie wir. Außerdem war es dunkel, und die Viehdiebe haben weder Maidstones Lager noch Maidstone selbst gesehen – ob er nun noch lebte oder bereits tot war.«

»Ich glaube, jetzt reden wir ein wenig aneinander vorbei«, meinte Bony vorsichtig. »Ich glaube nämlich, daß du dich in deinen Daten geirrt hast.«

»Wieso?«

»Betrachten wir die Sache doch so, Bohnenstange: Maidstone fuhr am achten Juni nach dem Mittagessen von der Quinambie-Stammfarm ab. Joyce glaubte, der Lehrer fahre sofort zum Stammsitz der Lake-Frome-Sation. Statt dessen übernachtete er am Brunnen neun. Am nächsten Tag fuhr er weiter zum Brunnen zehn und blieb auch dort über Nacht. In den frühen Morgenstunden des zehnten zog bei dir jenseits des Zauns eine Viehherde vorüber, und wie du sagst, muß diese Herde hier zum See abgebogen sein. Da die Viehdiebe Maidstones Lagerfeuer nicht gesehen haben, müssen wir annehmen, daß es ausgegangen war. Maidstone lag also am Morgen des zehnten Juni in der Nähe von Brunnen zehn neben dem erkalteten Lagerfeuer, und die Viehdiebe trieben die Rinderherde zum See. Dann hätten wir den Mann mit der Winchester. Sollte unsere Unfalltheorie stimmen, müßte er am Gattertor gewesen sein, als Maidstone am Morgen mit dem Kochgeschirr vom See zurückkam – bevor die Viehherde Maidstones und deine Spuren auslöschte.«

»So müßte es gewesen sein«, murmelte Bohnenstange und mußte gleichzeitig zugeben, gelogen zu haben, als er behauptet hatte, beim Zehnmeilenpunkt übernachtet zu haben, als die Viehdiebe vorbeigezogen waren. Er gab die Lüge unumwunden zu. »Ja, ich war in dieser Nacht beim Fünfmeilenpunkt. Nun möchte ich nur wissen, ob der Abo mit der Winchester sich mit den Viehdieben treffen wollte.«

»Möglich, Bohnenstange, aber unwahrscheinlich. Wenn er Maidstone aus Versehen erschossen hätte, wäre er sofort zu seinen Leuten zurückgekehrt und hätte Moses oder Charlie den Spinner über den Vorfall unterrichtet. Wir kommen also wiederum zu dem Schluß, daß es sich um einen Unfall gehandelt haben muß.«

Bohnenstange Kent nickte, zog seine Pfeife aus der Tasche und stopfte sie mit Zigarettentabak.

»Du bist vielleicht gebildet«, stellte er fest. »Alles gut kombiniert.«

»Zu gut, Bohnenstange. Ich möchte nicht, daß du mit Newton oder Levvey oder irgend jemandem darüber sprichst. Soll die Polizei doch selbst dahinterkommen. Diese Leute werden schließlich dafür bezahlt. Außerdem wollen wir uns nicht in diesen Viehdiebstahl verwickeln lassen, oder?«

»Keinesfalls, Ed.«

»Du hast ja nur mit Newton über die Viehdiebe gesprochen, und er hat zugesichert, es für sich zu behalten. Zumindest hat er versprochen, dich aus der Geschichte herauszuhalten.«

Daß Bohnenstange durchaus nicht auf den Kopf gefallen

war, wurde deutlich, als er Bony fragte, wieso er wisse, daß Maidstone bei Brunnen neun übernachtet habe. Bony erwiderte, daß er Wasser gebraucht und bei dieser Gelegenheit die Überreste eines großen Lagerfeuers gefunden habe. An dieser Stelle habe auch eine leere Streichholzschachtel gelegen, die man auf Quinambie nicht erhalten könne, weil dort eine andere Sorte verkauft würde.

»Wenn ich diese Streichholzschachtel nicht gefunden hätte, könnte man ebensogut annehmen, Nugget habe dieses Lagerfeuer angezündet«, erklärte er. »Aber behalte das alles unbedingt für dich. Es ist ja auch gar nicht weiter wichtig.«

»Kannst dich auf mich verlassen, Ed. Wirklich, du hast das alles prima ausgedacht. Du solltest zur Kripo gehen. Ein Cousin von mir war unten in Melbourne Polizist. Hat's bis zum Kriminalsergeant gebracht. War begabt dafür.«

Während Bohnenstange von seinem Cousin erzählte, studierte Bony den dürren Mann nachdenklich. Bisher war er sich nie recht schlüssig gewesen über diesen seltsamen Menschen, doch nun sah er bereits viel klarer. Bohnenstange hatte die unterschiedlichsten Angaben über die Stelle gemacht, an der er in der Nacht zum zehnten Juni übernachtet haben wollte. Offensichtlich in der Absicht, die Geschichte der vorbeiziehenden Viehherde zu verwirren, weil er nichts mit den Viehdieben zu tun haben wollte.

Die Situation war nun klar, die bekannten Tatsachen ergaben einen logischen Zusammenhang. Maidstone war am neunten Juni bei Brunnen zehn angekommen, und er hatte sich entschlossen, in der Nacht am See zu fotografieren. Bohnenstange Kent hatte fünf Meilen nördlich des Gattertors übernachtet – und nicht etwa zwei oder gar zehn Meilen entfernt. Gegen zwei Uhr morgens, als das Lagerfeuer Bohnenstanges erloschen war, trieben Viehdiebe eine Rinderherde vorbei. Die Rinder mußten fünf Meilen bis zum Gattertor und eine weitere Meile bis zum See getrieben werden. Sechs Meilen südlich des Tors hatte sich Nugget mit seinen Leuten aufgehalten – wenn man Nugget glauben konnte.

Das war die große Frage: Ob man Nugget glauben konnte! Nachdem Bony festgestellt hatte, wo sich Bohnenstange in der für die Ermittlung so wichtigen Nacht aufgehalten hatte, mußte er nun noch herausfinden, ob er Nuggets Worten glauben konnte oder nicht.

Bisher sah es tatsächlich so aus, als handle es sich um ein Verbrechen ohne Motiv. Deshalb war die Versuchung groß das Ganze für einen Jagdunfall zu halten. Bony wußte, daß es schon öfter vorgekommen war, daß im Busch ein Mensch irrtümlich für ein Känguruh gehalten worden war – besonders bei schlechten Lichtverhältnissen. Sogar bei Jagdausflügen, wo doch jeder damit rechnete, einem Partner zu begegnen, waren derartige Irrtümer passiert. Hier draußen aber rechnete man normalerweise nicht damit, einem Menschen zu begegnen. Des Rätsels Lösung war deshalb so schwierig, weil es praktisch keinen Verdächtigen gab. Da kommt ein Fremder in diese Gegend, und keiner der wenigen Menschen, die in der Nähe waren, hat einen erkennbaren Grund, ihn zu töten. Daß die Viehdiebe mit dem Mord zu tun hatten, war unwahrscheinlich. Sie würden es vermeiden, jede Aufmerksamkeit zu erregen. Ihre Aktionen mußten so heimlich und so schnell geschehen wie ein nächtlicher Bankraub.

Die Viehdiebe wußten genau, daß sie ungestört zu Brunnen zehn gelangen konnten, und von dort aus zu einer Stelle, wo die Rinder von keinem Fencer mehr gesehen werden konnten. Levvey hatte Bohnenstange gesagt, daß er an diesem Tag nicht nach Quinambie fahren würde, weil er westlich der Stammfarm zu tun habe. Er hatte sich also mit seinen Leuten weit vom Zaun entfernt aufgehalten, an dem die gestohlenen Rinder entlanggetrieben worden waren. Die Entfernung dürfte ungefähr neunzig Meilen betragen haben. Irgend jemand mußte die Viehdiebe also informiert haben, daß in dieser Nacht die Luft rein war. Zunächst einmal hatte Bohnenstange davon gewußt, zweifellos aber auch der Verwalter von Quinambie, außerdem Charlie der Spinner, Häuptling Moses und schließlich Nugget und seine Sippe.

Mr. Kent beendete die Lebensgeschichte seines Cousins, stand auf und goß Wasser ins Kochgeschirr, um Tee aufzubrühen. Durch dieses Geräusch wurde Bony aus seinen Grübeleien aufgeschreckt. Er ließ eine angemessene Zeit verstreichen, um den Eindruck zu erwecken, aufmerksam zugehört zu haben.

»Du führst nicht zufällig Tagebuch?« fragte er dann. »Wieso weißt du dann, wann es Zeit ist, hier auf Levvey zu warten und ihm die Bestelliste mitzugeben?«

»Das ist ganz einfach, Ed. Ich habe mal von einem Mann gelesen, der keinen Kalender besaß. Er behalf sich mit einem Stock, in den er jeden Tag eine Kerbe schnitt. Und jeden Abend mache ich ebenfalls eine Kerbe in einen Stock. Ich beginne stets an dem Tag, an dem ich hier losmarschiere. Zweimal habe ich es vergessen, und da mußte ich nach Quinambie gehen und mir meine Rationen selbst holen.«

»Dann folgst du dem Buschpfad, der an Brunnen neun vorbeiführt. Wie weit entfernt von diesem Pfad ist Brunnen sechs?«

»Wenn man sich ungefähr vier Meilen vor der Stammfarm befindet, liegt er sieben Meilen seitlich ab.«

»Bist du schon mal bei Brunnen sechs gewesen?« bohrte Bony weiter.

»Nein, dazu bestand kein Grund. Außerdem kampieren dort meist die Schwarzen.«

»Weißt du, wie lange Nugget seine Savage besitzt?«

»Die hat er sich bei dem Hausierer gekauft, als der das letztemal in Quinambie war. Laß mich überlegen. Das muß einen Monat vor dem Mord gewesen sein. Zuvor besaß er eine Winchester – genau wie ich.«

In diesem Augenblick begann das Teewasser zu kochen, und wenig später breiteten die beiden Männer ihre Schlafdekken aus. Erst am nächsten Morgen kam Bony erneut auf Nuggets Gewehr zu sprechen.

»Was hat Nugget mit seiner Winchester gemacht?«

»Keine Ahnung, Ed. Vielleicht hat er sie an die Schwarzen verkauft. Die treiben ja mit allem möglichen Handel. Wirklich komisch mit den Abos. Man kauft sich eine Hose, und in der nächsten Woche trägt sie bereits ein anderer. Und genauso geht es mit den Gewehren. Man kauft sich ein Gewehr, und alle möglichen Kerle ballern damit herum.«

»Und einer von ihnen hat um ein Haar Nugget erschossen?«

»Ja, Nugget hätte es beinahe erwischt. Er hat sich fürchterlich aufgeregt.«

»Wann war das?«

»Ach, einige Zeit, bevor sich Nugget die Savage kaufte.«

»Meinst du nicht, daß sich Nugget dann hüten würde, seine Winchester an die Schwarzen zu verkaufen? Ich glaube, Newton hat mir erzählt, Nugget habe sich bitter beklagt. Man solle den Schwarzen überhaupt keine Waffen verkaufen.«

»Dann müßte Nugget seine Winchester noch besitzen.

Aber wie gesagt, genau weiß ich das nicht. Ich brühe jetzt Tee auf. Vielleicht hat er die Büchse Mary gegeben. Ich weiß nicht, ob dir bekannt ist, daß Mary die Schwester seiner Frau ist. Eine gutaussehende Lubra von ungefähr Fünfundzwanzig. Wenn ich ihr mal allein begegnen würde, würde sie mir wohl kaum entwischen.«

»Sie könnte dich erschießen.«

»Möglich wär's. Es heißt, sie sei eine gute Schützin.« Bohnenstange überlegte kurz, dann lachte er. »Ich würd's trotzdem darauf ankommen lassen. Es klingt als käme Jack Levvey.«

Der Lastwagen von der Lake-Frome-Station rumpelte durch das Gattertor und hielt wenige Meter vor dem Lagerplatz an. Bohnenstange reichte Levvey die Liste, und der Verwalter winkte Bony zu. Auf der Ladepritsche saßen drei männliche Abos. Sie sprachen kein Wort, aber als der Wagen auf dem Buschpfad nach Quinambie davonrollte, hatten sie nur Augen für Bony.

11

Der Nachmittag war halb vorüber, als es seltsam dunkel wurde. Seit Tagen hatte nicht eine einzige Wolke am Himmel gestanden. Bony glaubte, die Sonne habe sich überzogen, und blickte nach oben. Doch die Sonne strahlte so hell wie gewöhnlich, obwohl das Tageslicht abgenommen hatte. Es lag nicht daran, daß sich die Landschaft geändert hatte – man erlebt es gelegentlich, wenn man aus offenem, mit Blaubusch bestandenem Gelände in eine graue Ebene gelangt, in der man außer Gras nur noch einzelne Buschbäume findet.

Bony marschierte am Zaun entlang, die Nasenleine des Leitkamels über den Arm gehängt. In gleichmäßigen Abständen schlug das Glöckchen, das am Hals des letzten Tieres befestigt war, an. Der Tag war normal, die Gegend bekannt, nichts schien ungewöhnlich. Ein Pfosten mußte erneuert werden, und Bony ließ die Kamele niederknien. Er fällte einen Mulgabaum, löste den morschen Pfosten vom Drahtgeflecht, richtete den neuen Pfosten auf und befestigte den Maschendraht und die beiden Stränge Stacheldraht. Nach dreißig Minuten war alles erledigt.

Nachdem diese Arbeit getan war, lehnte sich Bony gegen den Höcker des Ungeheuers und drehte sich eine Zigarette. Der Tag war strahlend wie zuvor, und doch schien die gewohnte Helligkeit zu fehlen. Obwohl die ganze Welt in ein schwaches Dämmerlicht getaucht schien, hoben sich die Schatten scharf ab wie immer.

Nachdenklich, ohne jede Eile, rauchte Bony seine Zigarette. Als er fertig war, drückte er die Glut aus und steckte den Stummel in die Tasche. Gewiß lag die Ursache für die veränderten Lichtverhältnisse bei ihm selbst, entsprang einer Depression. Vielleicht kündigte sich auch eine Magenverstimmung an. Bis jetzt hatte er das salzige Brunnenwasser allerdings gut vertragen. Immerhin mußte er damit rechnen, eine psychische Krise durchzumachen.

Er setzte seinen Kontrollgang fort, musterte automatisch den endlos vorüberziehenden Zaun. Immer wieder fragte er sich, ob die Eingeborenen vielleicht den Angriff eröffnet hatten. Irgendwo in diesem riesigen Gebiet, wo auf einen Bewohner zehn Quadratmeilen und mehr entfielen, würde ein Mann vor einem kleinen Feuer hocken. Vielleicht waren es auch zwei oder drei Schwarze. Alte Männer, denen man nicht zutraute, daß sie noch aktiv an der Führung des Stammes beteiligt sein könnten. Diese Männer kannten die Geheimnisse, die seit Tausenden von Generationen weitervererbt waren. Sie besaßen Fähigkeiten, die sie nur aus Furcht vor den Gesetzen der Weißen und auch aus Bequemlichkeit hatten verkümmern lassen.

Als Bony nach Quinambie und zum Grenzzaun gekommen war, hatten sich die Eingeborenen völlig ruhig verhalten. Nun aber hatte er durch Newton verbreiten lassen, er Bony – sei in Wirklichkeit kein Fencer, sondern ein Kriminalbeamter. Und damit hatte er die Schwarzen aufgescheucht. Mehrere Tage und Nächte hatten sie diskutiert, und sie waren zu dem Schluß gekommen, daß man den Mischling loswerden mußte. Denn sie hatten ein Geheimnis zu wahren, das er nicht aufdecken durfte.

Was würden die alten Männer an den Feuern über ihn gesprochen haben? Wie betrachteten sie die Lage? Wie die Weißen war dieser Mischling ein umherreisender Farmarbeiter. So schien es wenigstens. Man hielt ihn zwar für einen Polizeibeamten, aber dafür gab es keinen Beweis. Deshalb würde man nicht Gewalt anwenden, sondern es mit Überredungskunst versuchen. Wenigstens am Anfang.

So hockten sie also an ihren kleinen Feuern und vereinigten ihre Willenskraft, um Bony durch Fernhypnose das seelische Gleichgewicht zu rauben. Zunächst einmal versuchten sie, ihn einzuschläfern, wie es jeder Hypnotiseur tut, um die Versuchsperson für seine Befehle empfänglich zu machen.

Vorausgesetzt, das seltsame Unwohlsein war nicht auf das Brunnenwasser zurückzuführen, dann war Bony überzeugt, daß die Schwarzen mittels Gedankenübertragung den ersten vorsichtigen Angriff einleiteten. Damit wäre der Beweis erbracht, daß die Eingeborenen etwas zu verbergen hatten, und dieses Etwas mußte mit dem Tod von Maidstone zusammenhängen. Eine Möglichkeit, allerdings eine sehr schwache Möglichkeit, mußte ebenfalls in Betracht gezogen werden: Vielleicht paßte es Nugget ganz einfach nicht, von seinem Zaunabschnitt an einen anderen versetzt worden zu sein, und er hatte seinen Stamm gebeten, etwas zu unternehmen. Eins stand einwandfrei fest: Bony war ein Mischling, und wenn er auch je zur Hälfte schwarzes und weißes Blut besaß so war das von seinen schwarzen Vorfahren Ererbte doch stärker als das Erbteil, das er von seinem weißen Vater mitbekommen hatte. Deshalb war er für die Abos auch ein leichteres Opfer als ein weißer Mann.

Bony wußte, daß es die Angst war, die tötete. Trotz aller ärztlichen Kunst starben viele Leute aus reiner Angst. Längst hatte man erkannt, daß zwischen physischen Erkrankungen und seelischen Konfliktsituationen ein Zusammenhang bestand. Er wußte ebenso, daß Gedankenübertragung möglich war. Es war erwiesen, daß es sogar über große Entfernungen telepathische Übertragungen gab.

Bony war sich außerdem klar darüber, daß das Erbgut der schwarzen Rasse in ihm dominierte, und die Überlieferung besagte, daß ein Mann sterben mußte, wenn das Deutebein auf ihn gerichtet wurde. Hier handelte es sich nicht nur um einen Aberglauben wie bei den Weißen, die nicht unter einer Leiter hindurchgingen, weil ihnen von den Eltern gesagt worden war, daß dies Unglück bringe. Bony hatte schon früher unter dem Konflikt zwischen Intellekt und Gefühl zu leiden gehabt. Er hatte einmal schwer gelitten, als die fünf Knochen und die Adlerkrallen des Deutebeins auf ihn gerichtet worden waren, als er sich die Feindschaft des Stammes der Kalchut zugezogen hatte. Und dies nur, weil er den Mörder eines Mannes gesucht hatte, der verschiedenen Stammesangehörigen übel mitgespielt hatte. Diesmal war Bony nicht bereit, sich von den Eingeborenen mit dem Puder bestreuen zu lassen, mit dem symbolisch der Körper des Opfers geöffnet wurde, damit der vom Deutebein ausgehende Zauber eindringen konnte. Er war diesmal auch nicht bereit, den inneren Konflikt, dieses ewige Pendeln zwischen Leben und Tod mitzumachen, das damals nur durch einen glücklichen Umstand zu seinen Gunsten entschieden worden war. Gewiß, freiwillig würde er den Willen zum Leben nicht aufgeben, aber allein die Depression, die Mattigkeit, die das Anfangsstadium bildeten, wenn das Deutebein auf jemanden gerichtet wurde, mußten ihn bei seinen Ermittlungen behindern.

Er hatte allerdings einen Vorteil. Die Eingeborenen wußten genau, daß der Tod eines Menschen hier draußen im Busch polizeiliche Ermittlungen auslöste. Ja, womöglich machte man ihnen einen Mordprozeß! Man würde es sich also sehr genau überlegen, würde erst nach tagelangem Palaver an den Lagerfeuern sich entschließen, einen der heiligen Mauia-Steine zu holen. Sie enthielten die Zauberkraft und waren sorgfältig versteckt. Man würde an einem dieser Steine schaben, bis man genügend Staub gewonnen hatte, den man über den schlafenden Inspektor Bonaparte streuen konnte.

Mir bleibt nur eine Möglichkeit! dachte Bony. Ich muß die Aktion der Eingeborenen sofort unterbinden. Eines habe ich in meinem Leben auf jeden Fall gelernt: Einer Gefahr muß man ins Auge sehen – man darf sie nicht ignorieren.

Tief in Gedanken versunken saß er eine Weile da. Plötzlich fiel ihm ein, daß er am Tag seiner Abreise von zu Hause etwas unterlassen hatte. Er öffnete seinen schäbigen Koffer und tastete die Taschen des Sportsakkos ab, das er bei seiner Ankunft auf Quinambie getragen hatte.

Bony benötigte nur wenige Minuten, dann hatte er Rosie gesattelt, und nach einigen weiteren Vorbereitungen machte er sich auf den Weg nach Quinambie. Es war ein langer, ermüdender Ritt, der deshalb besonders schwierig war, weil er nicht genau wußte, wo das Camp der Eingeborenen lag. Er wollte sich aber auf der Stammfarm nicht erkundigen, denn dann hätte er die Abos vorzeitig gewarnt. Er war wichtig, daß er im Dunkeln eintraf. Deshalb war es doppelt schwierig, das Eingeborenencamp zu finden. Und hatte er das Lager gefunden, mußte er bestimmt noch Old Moses und den Medizinmann suchen; denn er war überzeugt daß diese beiden die Hauptverantwortlichen für das waren, was man gegen ihn plante.

Bony ritt in einem weiten Bogen um die Stammfarm herum, bis er einen Pfad erreichte, der von den auf der Viehstation arbeitenden Eingeborenen benützt wurde. Einen gewissen Abstand haltend, ritt er parallel zu diesem Pfad weiter. Schließlich gelangte er zu einer Ansammlung von primitiven Hütten, die aus Baumrinde und Zinkblech errichtet worden waren. Dies mußte das Eingeborenencamp sein.

Es war kurz vor Vollmond. Außer einigen Hunden, die zwischen den Hütten umhertrotteten, regte sich nichts in dem Lager. Bony hielt an und blickte sich um. Schließlich entdeckte er eine Gruppe von Mulgabäumen, die für seine Zwecke geeignet war. Er ritt hinüber, stieg ab und band Rosie fest. Bony hatte gesehen, daß hinter dem Lager einige Felsen aufragten. Dort befand sich zweifellos der geheime Schlupfwinkel des Medizinmannes und seiner Helfer. Vorsichtig schlich der Inspektor davon. Nachdem er die erste Felsenplatte überquert hatte, stand er am Rande eines ausgetrockneten Bachbettes, das hinter dem Felsen verschwand.

Bony schlich weiter. Das Mondlicht war so hell, daß er trockenen Zweigen und Rindenstückchen ausweichen konnte, um sich nicht durch lautes Knacken vorzeitig zu verraten. Obwohl die Nacht kalt war, wurden seine Handflächen feucht. Er konnte die Furcht, das Erbe seiner schwarzen Vorfahren, noch immer nicht abschütteln. Plötzlich blieb er stehen. Hinter einem großen Felsen stieg der Rauch eines kleinen Feuers auf. Lautlos setzte Bony seinen Weg fort, bis er sehen konnte, ohne selbst gesehen zu werden. Drei Eingeborene hockten um ein kleines Feuer. Sie waren völlig nackt. Nur um die Fußgelenke trugen sie Bänder aus Vogelfedern. Ihre schwarzen Körper glänzten im Feuerschein.

Versunken starrten sie in die Flammen. Einer von ihnen – Bony vermutete, daß es Charlie, der Medizinmann, war – schabte an einem kleinen Stein und sammelte den herunterrieselnden Staub auf einem Stück Baumrinde. Kein Muskel regte sich in den drei Gesichtern, die wie aus Stein gemeißelt wirkten. Ihre Konzentration war von einer derartigen Gewalt, daß Bony kaum noch zu atmen wagte. Er kam sich plötzlich albern vor. Hier stand er nun und war Zeuge einer uralten Zeremonie, die weder er noch die Weißen, für die er arbeitete und unter denen er lebte, je verstehen konnten.

Sein Plan erschien ihm auf einmal kindisch und trivial, aber er mußte die Konzentration dieser Eingeborenen unterbrechen, mußte – ohne Rücksicht auf die Konsequenzen – ihre Zeremonie ins Lächerliche ziehen. Bony hatte das Gefühl, seine Glieder seien aus Blei, und er konnte sich nur mit größter Willensanstrengung bewegen. Lautlos ging er weiter, bis er sich hinter einem großen Stein, der nur knapp fünf Meter von dem Feuer entfernt war, verstecken konnte.

Die drei wie in Trance um das Feuer sitzenden Eingeborenen hatten sich nicht geregt. Bony zog ein kleines Päckchen aus der Tasche und warf es über die Köpfe der Schwarzen hinweg ins Feuer, wo es mit einem dumpfen Laut landete. Die drei Eingeborenen sprangen erschrocken auf. Doch da explodierte bereits der erste Kanonenschlag, wirbelte die brennenden Zweige in alle Richtungen. Das war zuviel! Noch saß den Eingeborenen die Furcht vor den Geistern der Finsternis, die sie soeben beschworen hatten, in den Herzen. In panischem Schrecken ergriffen sie sofort die Flucht.

Bony spürte, wie die nervöse Spannung, unter der er so gelitten hatte, wie weggeblasen war. Das Päckchen mit Feuerwerkskörpern, das er seinem Jüngsten versprochen, aber vergessen hatte, ihm zu geben, hatte die bösen Geister mitsamt den Überresten des Feuers in alle Winde zerstoben. Durch Lächerlichkeit war der Bann gebrochen worden. Jetzt fühlte sich Bony sicher vor jedem Versuch, das Deutebein auf ihn zu richten. Nun war es ihm gleichgültig, ob er beobachtet wurde – er kehrte geradewegs zu Rosie zurück und ritt zu seinem Lagerplatz.

12

Auf dem Rückweg zum Lagerplatz schoß Bony ein Känguruh, damit er für den nächsten Tag Frischfleisch hatte. Von morgens bis abends arbeitete er am Zaun. Bei Sonnenuntergang richtete er sich das Lager ein und zündete wie üblich ein Feuer an. Er wusch sich und gab die seifige Brühe Old

George. Dann aß er Pökelfleisch, Buschbrot und Marmelade. Die Kamele suchten sich ihr Futter, und Bony backte noch ein Buschbrot für den nächsten Tag. Die Sterne standen reglos am Himmel, ein kühler Wind wehte aus Süden, und nichts störte den Frieden dieser Nacht. Zufrieden seufzend machte Bony es sich bequem. Er fühlte sich nicht mehr deprimiert, und keine Zauberkräfte bedrohten ihn mehr.

Old George hatte den ganzen Tag lang seine schwere Last zu schleppen, und als er sich am Abend sattgefressen hatte, legte er sich nieder. Rosie wäre gern noch weiter durchs Gelände gestreift, doch sie mochte George nicht allein lassen, und das Ungeheuer wiederum blieb treu und brav bei Rosie. So fand Bony seine drei Kamele am anderen Morgen selten weiter als eine halbe Meile vom Lager entfernt.

Armer Old George! Bony entschloß sich, ihm einen freien Tag zu gönnen und dafür die Lasten vom Ungeheuer schleppen zu lassen. Es war allerdings reichlich ungewiß, wie das fremde Kamel reagieren würde, nachdem es so lange in Freiheit gelebt hatte. In mancher Hinsicht benahm es sich untadelig.

Bony ließ das Ungeheuer neben dem Packsattel niederknien, hob ihn langsam und vorsichtig über den großen Hökker. Das Kamel brummte, und die Spitze des Brüllsacks erschien aus dem Maul. Bony beruhigte es mit lautem Zischen, und das Tier schüttelte sich, so daß der Sattel in die richtige Lage rutschte. Das Ungeheuer wühlte sich nicht tief in den Boden ein, wie es Rosies Angewohnheit war, wenn sie verstimmt war. Es bereitete auch keinerlei Schwierigkeiten, als Bony die Gurte unter Brust und Bauch hindurchzog und den Sattel festschnallte. Während der Mischling die Lasten auflud, protestierte das Kamel nur noch schwach.

»Wenn sich unser neuer Freund gut benimmt, werden wir eine glückliche Familie sein«, sagte Bony zu Old George und ließ das Ungeheuer aufstehen. Es erhielt das Warnglöckchen um den Hals gehängt und wurde an George festgebunden.

An diesem Tag klappte alles prächtig, doch am nächsten Tag wurde das Ungeheuer unruhig. Das Läuten des Warnglöckchens hörte plötzlich auf, und als sich Bony umschaute, sah er, daß sich das Kamel von George losgerissen hatte. Es stand reglos da und starrte zurück. Es wollte sich auch nicht von der Stelle rühren, als Bony zu ihm trat und die Nasenleine wieder bei Old George anband, diesmal allerdings fester als zuvor.

Eine halbe Stunde später begann das gleiche Theater. Bony befand sich auf offenem, leicht gewelltem und mit einzelnen Bäumen bestandenem Gelände. Er sah keinerlei Bewegung, war aber nun mißtrauisch geworden. Da der Wind aus der verkehrten Richtung wehte, konnte er auch nichts Verdächtiges riechen. Die anderen beiden Kamele waren völlig ruhig.

»Ich glaube, ich muß einmal nachschauen, was los ist«, murmelte Bony. »Legt euch schön brav nieder.«

Er fesselte die Vorderbeine der Kamele, damit sie nicht aufstehen konnten, nahm sein Gewehr und ging am Zaun entlang zurück. Kein unerklärlicher Schatten lag mehr über dem Land. Der Himmel war wolkenlos. Ein kühler Wind wehte von Süden. Bony marschierte eine Meile weit zurück, ohne ein einziges Lebewesen auf der Erde zu sehen. Hoch am Himmel kreisten ein paar Adler.

Er kletterte über den Zaun und kehrte zu seinen Kamelen zurück. Schon nach wenigen Schritten fand er im Sand die Abdrücke von nackten Fußsohlen. Zwei Eingeborene waren in der gleichen Richtung wie er gegangen. Er folgte der Spur und fand die Stelle, wo sie vom Zaun abgebogen und in einem Mulgawäldchen verschwunden waren. Sie hatten das Wäldchen passiert und waren in westlicher Richtung verschwunden.

Die Spuren waren ganz frisch, und Bony würde die typischen Fußformen mindestens ein Jahr deutlich vor Augen haben. Was hatten die beiden Abos hier gesucht? Hatten sie lediglich einen harmlosen Spaziergang unternommen, oder waren sie Bony und den Kamelen gefolgt? Hatten sie nur deshalb den Zaun verlassen und waren in westlicher Richtung verschwunden, weil sie beobachtet hatten, daß Bony umkehrte und Nachforschungen anstellte? An den Spuren war deutlich zu erkennen gewesen, daß sich die Eingeborenen nicht beeilt hatten, als sie das Mulgawäldchen durchquerten. Bony wußte allerdings daß es keinen Sinn hatte, ihnen weiter nachzugehen. Denn wenn sie gemerkt hatten, daß er ihnen folgte, würde sich ihre Spur urplötzlich wie in Luft auflösen.

Vermutlich hatte es sich um Eingeborene vom Lake Frome gehandelt. Bony hielt es jedenfalls nicht für wahrscheinlich, daß die Abos bereits jetzt erneute Schritte gegen ihn unternahmen.

Der Vorfall konnte wohl kaum Teil eines neuen Plans sein, dem fremden Fencer das Leben schwerzumachen. Aber offensichtlich war man entschlossen, Bony von den Ermittlungen im Mordfall Maidstone abzuhalten. Der Inspektor hatte allerdings keine Ahnung, ob die Eingeborenen ihn direkt angreifen würden. Er kletterte über den Zaun zurück, befreite die Kamele von ihren Fesseln und ließ sie aufstehen. Dann setzte er seinen Weg nach Süden fort.

Der nächste Zwischenfall war ernsterer Natur. Bony hatte seine Schlafstelle neben dem Lagerfeuer aufgesucht und rauchte eine letzte Zigarette, als ihm das Glöckchen, das Old George am Hals hängen hatte, verriet, daß das Kamel abrupt aufgestanden war. Die drei Tiere waren höchstens eine Viertelmeile vom Lagerfeuer entfernt und hatten sich bereits vor einer Stunde zur Ruhe gelegt. Jetzt war es zehn Uhr.

Die Glocke am Hals eines Kamels verrät dem Eingeweihten, wie die Stimmung des Tieres ist und was es gerade unternimmt. Das Glöckchen verkündet, wann die Kamele sich ihr Futter suchen und wann sie sich für die Nacht zur Ruhe legen. Bony wußte genau, wann Old George nach den Läusen in seinem Fell biß, wann er lästige Ameisen abschüttelte oder wann er aufstand, um wieder zu fressen. Und alles, was Old George unternahm, taten auch seine beiden Artgenossen. Vor allem aber verriet das Glöckchen, in welcher Richtung sich die Kamele entfernten.

In dieser Nacht verriet das Glöckchen, daß Old George abrupt aufgestanden war. Gleich darauf verstummte es wieder. Offensichtlich stand das Kamel nun da und käute sein Futter wieder. Mehrere Minuten vergingen, ohne daß das Glöckchen wieder anschlug. Daß George reglos dastehen sollte, war allerdings höchst merkwürdig.

Bony lauschte aufmerksam, aber das Glöckchen schwieg weiterhin. Vielleicht war beim Aufstehen der Strick gerissen, mit dem es am Hals des Kamels befestigt worden war, oder der Klöppel hatte sich verklemmt. Ohne Glocke würde es am nächsten Morgen sehr schwer werden, die Tiere zu finden. Ohne sich erst anzuziehen, gleich im Pyjama, machte Bony sich auf den Weg, um nach den Kamelen zu sehen. Vorsichtshalber nahm er eine Ersatzglocke mit.

Die Nacht war dunkel und still. Die spärlichen Büsche wirkten höher als am Tage. Bony lief, vorsichtig Ausschau haltend, zwischen den Bäumen hindurch in die Richtung, aus der er zuletzt das Läuten des Glöckchens vernommen hatte. Nachdem er eine halbe Meile zurückgelegt hatte, kam er zu dem Schluß daß er die Kamele verfehlt hatte. Er ging in einem weiten Kreis weiter und suchte noch eine Stunde lang, dann gab er es auf und kehrte zu seinem Lager zurück. Bei Tageslicht würde er zweifellos die Spuren der Tiere finden.

Als es hell wurde, war Bony bereits angezogen und trank einen Becher Tee. Sobald die Lichtverhältnisse es gestatteten, die schwachen Spuren zu erkennen, die die gepolsterten, großen Füße der Kamele zurückgelassen hatten, machte er sich auf die Suche. Ohne Schwierigkeit fand er die Stelle, wo sich die Tiere Futter gesucht und schließlich zur Ruhe gelegt hatten. Die flachen Kuhlen, die von den schweren Tieren in den Sand gepreßt worden waren, waren deutlich zu sehen. Aber ebenso deutlich waren die Spuren einer Lubra zu sehen, die sich den Kamelen genähert und sie zum Aufstehen veranlaßt hatte. Die im Sand klar erkennbaren Eindrücke ihrer nackten Füße verrieten alles.

Die Eingeborene hatte zweifellos Gras in die Glocke gestopft, damit diese nicht mehr läuten konnte. Sie hatte den Tieren die Fesseln gelöst, hatte eins von ihnen bestiegen und die anderen beiden in nordöstlicher Richtung davongeführt. Es bestand kein Zweifel, die Frau war auf einem der Kamele geritten; denn ihre Fußspuren waren von nun an nicht mehr zu sehen. Nach vier Meilen war die Lubra wieder abgestiegen, hatte den Tieren die Hobbelketten angelegt und das Gras aus den Glöckchen entfernt. Dann war sie in östlicher Richtung verschwunden. Bony lauschte aufmerksam. Weiter im Norden war das Glöckchen ganz schwach zu vernehmen.

Die Kamele suchten sich zwischen zwei mit Bäumen bestandenen Sandhügeln Futter, volle fünf Meilen vom Lager entfernt. Die gleiche Entfernung mußte Bony mit den Tieren zurückmarschieren. Dann erst konnte er frühstücken und mit der Arbeit beginnen.

Auch wenn man den Tag nicht mit einem Marsch über zehn Meilen beginnen mußte, waren die Arbeitsbedingungen am Grenzzaun hart genug. Kein normaler australischer Arbeiter würde sich so etwas bieten lassen. Schließlich gab es genügend andere freie Stellen. Das wußte der Initiator dieses Sabotageakts ganz genau. Noch einige derartige Niederträchtigkeiten, und der unerwünschte Fencer würde den Posten räumen, auf dem man ihn nicht haben wollte.

Wer konnte daran ein Interesse haben? Wer hatte die Eingeborenen zu ihrer feindseligen Haltung aufgestachelt? Für Nugget schien es keinen erkennbaren Grund zu geben, warum er ausgerechnet seinen alten Zaunabschnitt zurückhaben wollte. Immerhin war es möglich, daß die Lubra, die die Kamele entführt hatte, die junge Frau war, die mit Nugget verwandt war und mit am Zaun arbeitete. Vielleicht hatte Nugget tatsächlich ein für Bony nicht erkennbares Motiv. Dann Levvey, der einen Oberhirten suchte und dem Mischling den Job angeboten hatte. Durchaus denkbar, daß er zur Taktik der kleinen Nadelstiche griff, um Bony zu bewegen, die Arbeit am Zaun aufzugeben und dafür den angebotenen Job auf der Lake-Frome-Station anzunehmen. Bony konnte die Geschichte drehen und wenden, wie er wollte, er kam keinen Schritt weiter. Vielleicht ergab sich ein brauchbarer Hinweis, wenn man die Anschläge fortsetzte.

Das Ungeheuer fühlte sich an diesem Tag nicht recht wohl. Fortwährend blickte es sich mißtrauisch um, bis Bony schließlich das Gefühl hatte, er werde beobachtet. Er fand allerdings nichts, was seinen Verdacht bestätigt hätte. Im Laufe des Nachmittags befreite er das Ungeheuer vom Packsattel und ließ Old George die Lasten tragen. Dann nahm er dem Ungeheuer die Nasenleine ab und ließ es laufen. Das Kamel blieb zeitweilig weit zurück, holte aber immer wieder die Karawane ein, als fürchte es, den Anschluß zu verlieren. Daß es beunruhigt war, merkte Bony deutlich an der Art, wie es sein Futter wiederkäute, denn die Kiefer mahlten mit einer geradezu wütenden Entschlossenheit.

Trotz allem ereignete sich kein Zwischenfall, und als Bony schließlich sein Nachtlager aufschlug, wirkten die Kamele zufrieden und gut gelaunt. Nach Sonnenuntergang fesselte er ihre Vorderbeine mit den Hobbelketten und ließ sie laufen. Während er sich das Abendessen zubereitete, lauschte er aufmerksam auf das Läuten des Glöckchens. Als die Dämmerung herabsank, merkte er sich genau die Position der Kamele. Später schlug er in einiger Entfernung vom Feuer die Schlafstelle auf. Er legte nichts mehr nach, sondern hockte sich an das heruntergebrannte Feuer und rauchte. Nun hatte er Zeit zum Nachdenken. Nach einer Weile verriet ihm das Glöckchen, daß sich Old George zur Nachtruhe niedergelegt hatte.

Jetzt nahm Bony die Nasenleinen und schlenderte zu der Stelle, an der die drei Kamele lagen. Er näherte sich mit dem leichten Wind, und als er sich schließlich auf den Boden legte, sah er die Höcker, die sich deutlich gegen den Himmel abhoben. Er ging noch etwas näher heran und setzte sich mit dem Rücken gegen einen Baumstamm.

13

Es war eine Kohlpalme – ein Baum, der sich in der Sommerhitze am besten eignet, um Schatten zu spenden. Seine Form ähnelt dem Apfelbaum. Das Laub war dicht, von einem hellen Grün, und die kräftigen Äste ragten waagerecht aus dem Stamm. Nicht lange blieb Bony, mit dem Rücken gegen den Stamm gelehnt, sitzen.

Er hatte nichts gehört, aber sein Instinkt warnte ihn vor einer Gefahr. Es war der gleiche Instinkt der ein Wache haltendes Känguruh seine schlafenden Artgenossen aufwecken ließ. Bony legte sich lang auf den Boden und suchte den Horizont ab. Old George hob den Kopf, und das Glöckchen schlug einmal an.

Gegen den Himmel hob sich ein schlankes Objekt ab, und dieses Objekt bewegte sich auf Bonys Baum zu, wurde rasch größer. Bony richtete sich vorsichtig auf und preßte sich hart an den Stamm. Im schwachen Licht der Sterne sah er, daß jemand an seinem Baum vorbeigehen wollte.

Wie ein Gespenst, mit einem Satz sprang Bony den Mann von hinten an, packte ihn am Hals und bohrte ihm die Daumen ins Genick. Dem Geruch nach handelte es sich um einen Eingeborenen. Der Schwarze stieß einen Schreckensschrei aus. Das Glöckchen klingelte hektisch, die Hobbelketten klirrten, als die Kamele aufsprangen. Die nächtliche Ruhe war jäh gestört.

Der Eingeborene wand und drehte sich, doch Bonys Daumen preßte sich auf die Nervenstränge im Nacken des Abos. Er bückte sich und schüttelte den Kopf, bog ihn zur Seite, aber der Druck im Nacken wurde immer stärker, und kräftige Finger umspannten seinen Hals. Bony hatte allerdings nicht die Absicht, dem Mann die Luft abzuschnüren – er wollte ihn lediglich durch Schmerz und Luftmangel gefügig machen.

Laut klirrten die Hobbelketten, und die großen Füße eines Kamels stampften wütend den Boden. Ein diabolisches Brüllen klang durch die Nacht. Der Eingeborene spürte, wie der Druck auf seinen Hals ruckartig aufhörte.

»Los, 'rauf auf den Baum!« rief Bony. »Das Ungeheuer kommt!«

Instinktiv sprang der Abo in die Höhe, erwischte einen Ast und zog sich hoch. Bony hatte allenfalls eine Sekunde gezögert, kletterte ebenfalls blitzschnell auf den Baum. Er hatte das Gefühl, das Ungeheuer sei mit weit aufgerissenem Maul bereits dicht hinter ihm. Vor Erregung würde das Kamel den Brüllsack weit aus dem Maul stoßen, würde wiedergekäutes Futter spucken.

Erneut erscholl wütendes Gebrüll, ging in ein enttäuschtes, schrilles Gezeter über. Der ganze Baum erbebte, als sich das Tier voller Zorn gegen den Stamm warf. Der Ast, an den sich Bony und der Eingeborene festklammerten, schwankte und knackte gefährlich. Die beiden Männer hofften, daß das Ungeheuer endlich seine wütenden Angriffe einstellte und nicht noch die Kohlpalme entwurzelte. Trotz der Dunkelheit konnten sie das Kamel deutlich erkennen, das immer noch zornig stampfend und mit Gebrüll den Baum umkreiste.

»Das ist das Ungeheuer vom Lake Frome«, erklärte Bony. »Jetzt weiß ich, daß es seinen Namen zu Recht trägt. Es muß dein Stamm sein, der das Tier quält, so daß es von Zeit zu Zeit

Amok läuft. Ich habe große Lust, dich vom Ast zu stoßen, damit du dich mit dem Biest auseinandersetzen kannst. Und wenn du nicht deinen Mund aufmachst, werfe ich dich hinunter. Wie heißt du?«

Er konnte die weißen Augäpfel des Eingeborenen sehen. Die Zähne leuchteten in dem vor Furcht verzogenen Mund. Das Ungeheuer stöhnte, aber es klang bereits weniger wütend. Doch es wich nicht von der Stelle, würde noch eine ganze Weile warten.

»Komm schon! Wie heißt du?« fragte Bony barsch.

»Bin Blackfeller von Quinambie. Boß sagen, ich nach Vieh suchen. Ich nur gegangen heim.«

»Du Lügner. Ohne Pferd willst du Vieh gesucht haben? Und obendrein mitten in der Nacht! Wie nennt man dich? Jetzt 'raus mit der Sprache, sonst werfe ich dich vom Ast.«

»Ich nichts Böses getan«, jammerte der Eingeborene.

»Natürlich nicht! Du wolltest lediglich meine Kamele vier oder fünf Meilen weit treiben. Vergangene Nacht hat es eine Lubra getan. Das Ungeheuer mag Frauen, aber es hat etwas gegen Abos, die mitten in der Nacht Vieh suchen. Ich habe dich nach deinem Namen gefragt.«

Der Schwarze wurde wieder stumm wie ein Fisch. Bony langte nach einem höheren Ast, stand nun auf dem, auf dem er bisher gesessen hatte.

»Wenn du nicht antwortest oder versuchst, dich von der Stelle zu rühren, bekommst du von mir einen Tritt in dein verlängertes Rückgrat, kapiert? Dort unten wartet das Ungeheuer auf dich, falls du es vergessen haben solltest!«

Das Ungeheuer war tatsächlich noch da, rüttelte wieder am Stamm. Georges Glöckchen schlug hin und wieder an, er war offensichtlich ein interessierter Zuschauer.

»Nun?« Bony ließ nicht locker.

»Ich heißen Luke«, erwiderte der Eingeborene kläglich. »Ich draußen gesucht nach Vieh. Boß mich geschickt. Ich nicht aufgepaßt, und Pferd mich abgeworfen. Pferd davongelaufen. Großer Bastard! Und es war schon spät.«

»Und du bist lediglich nach Hause gegangen?«

»Ganz recht, Ed. Sie doch sein Ed, oder?«

»Jawohl. Und wo hat dich das Pferd abgeworfen?«

»Unten im Süden bei Brunnen vier.«

Nach den Sternen zu schließen, mußte es bereits Mitternacht vorbei sein. Wäre Luke tatsächlich von seinem Pferd geworfen worden, hätte er bereits eine viel größere Strecke zurückgelegt haben müssen, hätte sich längst nicht mehr bei den Kamelen aufgehalten. Aber noch wahrscheinlicher wäre es gewesen, daß sich der Eingeborene einen Unterschlupf gesucht und geschlafen hätte, sobald es finster wurde. Bei Tagesanbruch hätte er dann den Weg zur Stammfarm fortgesetzt. Und die Behauptung, er habe verstreutes Vieh gesucht, ließ sich ja ohne weiteres nachprüfen, wenn sich Bony in Quinambie seine Rationen holte.

Die Zeit verging nur langsam, und nach einer Weile setzte sich der Abo auf den Ast und drehte sich mit beiden Händen eine Zigarette. Bony, der sich gegen den darüber befindlichen Ast lehnte, folgte dem Beispiel, und nachdem er seine Zigarette geraucht hatte, war er der Ansicht, daß sich das Ungeheuer einigermaßen beruhigt hatte. Old George legte sich wieder hin. Wie ein Betrunkener lehnte das Kamel an einem Baumstamm.

Der Abo drehte sich eine zweite Zigarette, und Bony setzte sich auf den Ast, um sich das Gesicht anzusehen, sobald das Streichholz aufflammte. Es war ein junger Mann, und Bony würde dieses Gesicht nicht vergessen, ebensowenig die Fußspuren, die er sich bei Tagesanbruch ansehen wollte.

»Wo haben Sie gefunden böses Geisterkamel?« fragte der Schwarze nach einer Weile.

Bony erklärte es ihm und meinte zum Schluß: »Das Ungeheuer suchte weiter nichts als die Gesellschaft meiner Kamele. Es hat seinen Wunsch erfüllt bekommen, und gleichzeitig haben wir es nun unter Kontrolle.«

»Wie lange müssen wir noch hier bleiben?«

»Bis das Ungeheuer Hunger bekommt und sich Futter sucht. Dann kannst du von Baum zu Baum laufen. Aber gnade dir Gott, wenn es dich im freien Gelände erwischt. Trotz seiner Hobbelketten läuft es schneller, als ein Lastwagen fahren kann.«

»Warum mußten Sie es bringen auf diese Seite von Zaun?« beklagte sich der Schwarze verbittert.

»Um Lubras und Kerle wie dich abzuhalten, mir während der Nacht meine Kamele zu entführen.«

»Ich wollte sie nicht entführen. Ich habe bereits gesagt. Wieso wissen Sie, daß Lubra Kamele weggeführt?«

»Weil ich Spuren lesen kann, du Dummkopf. Sie war barfuß. Es könnte die junge Lubra gewesen sein, die zu Nugget gehört. Ich werde es genau wissen, sobald ich ihre Spuren erneut sehe.«

Ab und zu mußte der Eingeborene seine Lage verändern, weil ihm die Glieder einzuschlafen drohten. Das Ungeheuer legte sich schließlich nieder. Es wurde eine lange, aber noch ganz friedliche Nacht. Doch jede Nacht geht einmal zu Ende, und als die Dämmerung anbrach, benahmen sich die Kamele genau wie Bony vorhergesagt hatte.

Old George stand auf und schlurfte mit den Hobbelketten

an den Vorderbeinen in Richtung Lager davon, wo er Bonys Waschwasser zu ergattern hoffte. Das Ungeheuer stöhnte, stand ebenfalls auf und blickte George nach. Es schlurfte hinterher, doch nach zehn Metern machte es kehrt und kam im Eiltempo zum Baum zurück. Rosie gähnte, brummte und erhob sich würdevoll. Dann folgte sie George. Nun war das Ungeheuer auch nicht mehr zu halten. Es schlurfte hinter Rosie her, und bald waren die drei Kamele den Blicken der beiden Männer entschwunden.

»Jetzt können wir verschwinden«, sagte Luke.

»Besser, wir warten noch ein paar Minuten. Und vergiß nicht, immer wieder nach hinten zu schauen«, riet Bony. »Richte Old Moses und Charlie dem Spinner aus, daß sie in Zukunft meine Kamele in Ruhe lassen sollen. Ich mag es nicht, wenn man die Tiere in der Nacht entführt. So etwas ärgert mich, und wenn ich verärgert bin, kann ich genauso toben wie das Ungeheuer. Jetzt verschwinde, aber nimm deine Beine unter die Arme!«

»Und du geh zur Hölle!« knurrte Luke – allerdings erst, als er vom Baum gesprungen war. Er blickte sich ängstlich um, dann sprintete er los.

Bony sprang ebenfalls vom Baum, reckte sich und marschierte hinter seinen Kamelen her.

Sie erwarteten ihn bereits am Lagerplatz. Rosie und das Ungeheuer suchten sich Futter. Old George aber stand mit gespreizten Hinterbeinen reglos da und wartete auf das Waschwasser. Das Ungeheuer beachtete Bony überhaupt nicht. So gut es bei dem knappen Wasservorrat möglich war, wusch sich der Mischling und gab Old George die heißersehnte Flüssigkeit. Dann aß er zum Frühstück Pökelfleisch und Buschbrot, dessen Reste er dem Ungeheuer brachte.

Man soll nicht glauben, daß man sich bei einem Kamel einschmeicheln kann, und man kann auch nicht sagen, daß es sich eng an den Menschen anschließt. Man kann es nicht unterwerfen, aber man kann es wie den Elefanten abrichten, gewisse Arbeiten zu verrichten. Wenn man genügend Geduld aufbringt, kann man es sogar soweit zähmen, daß es einen Reiter trägt, Lasten schleppt oder – zusammen mit einem zweiten Kamel einen Wagen zieht.

Das Ungeheuer vom Lake Frome war offensichtlich ein Lasttier, kräftig gebaut, älter als die leichtere Rosie, und es hatte seine festen Gewohnheiten. Jetzt aber benötigte Bony ein ausdauerndes Reittier.

Er band Rosie und Old George an zwei Bäume und ließ das Ungeheuer neben dem Reitsattel niederknien. Es schien darüber nicht erfreut zu sein. Es war unruhig und schnüffelte an dem langen Eisensattel. Immer wieder tat es so, als ob es von Ameisen belästigt werde, und versuchte aufzustehen. Doch Bony war unerbittlich, und da versuchte es schließlich, auf den Knien vorwärtszurutschen. Nun band Bony das Tier kurzerhand fest, warf den Sattel über den Höcker und zog die Gurte fest.

Die Leine, mit der das zurückgebogene Vorderbein gefesselt war, wurde entfernt. Sofort wollte das Ungeheuer aufstehen, doch Bony fuhr es scharf an, und es legte sich wieder hin. Jetzt stellte der Mischling vorsichtig den Fuß in den Steigbügel, aber bevor das Kamel überhaupt das Gewicht spüren konnte, sprang es auf.

Bony ließ das Ungeheuer erneut niederknien, stellte ganz sanft den Fuß auf den Steigbügel – schon stand das Tier. Nun kam es nur darauf an, das Kamel so zu ermüden, daß es schließlich nachgab. Das Schauspiel ging weiter – auf und nieder, auf und nieder. Und jedesmal, bevor das Ungeheuer aufspringen konnte, verstärkte sich der Druck im Steigbügel. Bony mußte allerdings äußerst vorsichtig vorgehen, denn er konnte sich leicht den Fuß brechen oder anderweitig verletzen. Doch schließlich gelang es ihm, den Steigbügel mit dem ganzen Körpergewicht zu belasten, und nach einigen Versuchen konnte er sich mit dem anderen Bein abstoßen – dann saß er auch schon im Sattel. Als das Ungeheuer endlich stand, mußte es verwundert feststellen, daß es sich hatte überrumpeln lassen.

Es legte die Ohren zurück, versuchte den Reiter in die Beine zu beißen. Bony schlug unerschrocken auf die langen weichen Lippen, wartete gespannt, ob eine erneute Trotzanwandlung folgte. Nachdem das Tier fünf Minuten lang ruhig geblieben war, drehte er sich eine Zigarette.

Der Mischling rauchte in aller Ruhe die Zigarette, dann ruckte er sanft am rechten Zügel. Sofort drehte sich das Ungeheuer in die gewünschte Richtung und setzte sich ohne den geringsten Widerstandsversuch in Bewegung. Als Bony die Kohlpalme erreichte, auf der er die halbe Nacht verbracht hatte, ritt er einmal um den Stamm, bis er Lukes Spur fand, der er folgte. Der Schwarze hatte Stiefel getragen, deren Eindrücke deutlich zu erkennen waren.

Luke hatte nicht gelogen: Er war tatsächlich vom Pferd geworfen worden. Ungefähr eine Meile von Bonys Camp entfernt war der Sandboden von Hufen aufgewühlt. Hier hatte ein Pferd gescheut. Offensichtlich war es erschrocken und hatte sich aufgebäumt. Mit Lukes Reitkünsten schien es nicht weit her zu sein, denn eine tiefe Kuhle im Sand verriet, wo er gelandet war. Allerdings auf eine Art, die ein richtiger Reiter als unsportlich bezeichnen würde.

Bony wußte natürlich, daß in der Nacht Geräusche weit getragen werden. Vermutlich hatte das Ungeheuer ein Gebrüll ausgestoßen – und da mußte das Pferd unweigerlich erschrecken.

Bony traute sich noch nicht, aus dem Sattel zu steigen. Er beugte sich deshalb tief herab, um der Spur des Pferdes zu folgen. Sie führte nicht direkt zur Stammfarm von Quinambie, sondern verlief ungefähr parallel zum Zaun. Und zwar in der Richtung, in der Nuggets Zaunabschnitt lag.

Die Sonne stand bereits hoch am Himmel, und Bony bedauerte, daß er die Feldflasche vergessen hatte. Er hatte angenommen, daß die Spur geradewegs nach Quinambie führen würde, hatte gehofft, die Eingeborenen ein für allemal zur Vernunft bringen zu können. Er hatte bereits unterbunden, daß man heimlich das Deutebein auf ihn richtete, doch die Schwarzen waren offensichtlich entschlossen, ihm nun den Aufenthalt in dieser Gegend mit anderen Mitteln zu verleiden. Tief in Gedanken versunken, merkte er plötzlich, daß die Spur in ein mit Fieberbäumen und niedrigen Büschen bestandenes Dickicht führte. Es war jetzt bedeutend schwieriger, der Spur zu folgen, und als Bony eine Lichtung erreichte, sah er, daß sich Luke hier offenbar mit einem anderen Reiter getroffen hatte. Er brachte das Kamel zum Stehen. In diesem Moment pfiff eine Kugel an seinem Ohr vorbei, schlug gegen einen Fieberbaum und schwirrte als Querschläger davon. Fast gleichzeitig war in der Ferne ein Schuß zu hören.

Jetzt konnte Bony nicht lange überlegen, ob er aus den Sattel klettern sollte oder nicht. Mit einem Satz war er am Boden und warf sich hinter einen Fieberbaum, zog den Dienstrevolver aus der Achselhalfter, die er an diesem Morgen instinktiv zum erstenmal umgeschnallt hatte. Kein verdächtiges Geräusch war zu hören. Das Ungeheuer genoß die unerwartete Freiheit und zupfte geschäftig an einigen Kräutern, die es zwischen den Bäumen gefunden hatte. Ringsumher lärmten die Vögel.

Vorsichtig schlich Bony von Baum zu Baum, bis er den Rand des Dickichts erreicht hatte. Ungefähr eine Viertelmeile entfernt war ein zweites Dickicht. Es war bedeutend größer, verlief ungefähr eine halbe Meile weit parallel zum Zaun. Offensichtlich hatte sich der Heckenschütze in dieses Wäldchen zurückgezogen. Einige Minuten lang beobachtete Bony die Gegend, konnte aber keine Bewegung entdecken. Es fiel auch kein weiterer Schuß. Der Inspektor zweifelte keinen Moment, daß ein guter Schütze ihn ohne weiteres hätte töten können. Offensichtlich handelte es sich lediglich um eine sehr ernste Warnung, da er die bisherigen Warnungen nicht hatte beherzigen wollen. Bony betrachtete den Vorfall ganz nüchtern: Wenn er nicht endlich aufhören würde, Ermittlungen im Fall Maidstone anzustellen, würde auch er ein toter Mann sein. Dies allein wollte man ihm eindringlich klarmachen. Mit dem Revolver in der Hand kehrte er zum Kamel zurück, das sich noch immer an der alten Stelle Futter suchte.

Ob die große Hitze dem Ungeheuer so zusetzte, daß es auf große Eskapaden verzichtete, konnte Bony nicht sagen. Jedenfalls ließ es sich ohne große Umstände einfangen, und der Reiter konnte aufsitzen. Nach einer vorsichtigen Runde folgte Bony zunächst der Spur von Lukes Pferd. Der Schwarze war nur kurze Zeit bei dem unbekannten Reiter geblieben, dann führte seine Spur direkt zur Stammfarm von Quinambie. Bony folgte ihr noch ungefähr eine Meile weit, um sich zu vergewissern, und kehrte dann zu der Stelle zurück, an der Luke auf den Unbekannten gestoßen war. Dessen Spur interessierte Bony bedeutend mehr. Luke war zweifellos nur ein unbedeutender Bauer in diesem gefährlichen Schachspiel. Wie gefährlich es war und um welchen hohen Einsatz es ging, mußte Bony allerdings erst noch herausfinden.

Der Unbekannte war direkt auf den Zaun zugeritten. Bony folgte der Spur, wobei er allerdings um jeden Baum, hinter dem sich ein Schütze verstecken konnte, einen weiten Bogen machte. Das Ungeheuer erklomm einen Steilhang, und als Bony auf dem Rücken der Sanddüne ankam, riß er scharf an den Zügeln, und das Kamel blieb stehen. Keine dreihundert Meter entfernt lag die Hütte, die Nugget an seinem jetzigen Zaunabschnitt als Hauptquartier diente! Die Bretterbude wirkte verlassen, doch die dünne Rauchfahne, die aus dem Blechschornstein stieg, deutete darauf hin, daß noch vor kurzem jemand dort gewesen war. Tief in Gedanken versunken saß Bony auf dem Rücken des Kamels. Er kehrte um und ritt zu seinem Lager zurück.

Nugget – immer wieder stieß er auf Nugget. Nugget hatte sich – nach seiner eigenen Aussage – näher bei Maidstones Lager befunden als jeder andere. Nugget gehörte zum Eingeborenenstamm auf Quinambie. Nugget sollte eine Winchester besessen haben, bevor er sich die oft zitierte Savage gekauft hatte. Nugget könnte leicht mit Viehdieben zusammengearbeitet haben. Aber das Motiv? Weshalb könnte Nugget Maidstone erschossen haben? Maidstone kannte den Schwarzen doch gar nicht. Selbst wenn der Mord mit den Fotoaufnahmen des Lehrers zusammenhängen sollte, gab alles noch keinen Sinn. Ja, selbst, wenn Nugget eine ellenlange Vorstrafenliste hatte und Maidstone ihn fotografiert haben sollte, hätte doch keine Gefahr für ihn bestanden. Als sich Bony seinem

Camp näherte, fühlte er sich ausgelaugt. Zu viele Steinchen fehlten noch in diesem Puzzlespiel.

Immerhin war er nunmehr überzeugt, daß Maidstone nicht einem Unfall zum Opfer gefallen war. Jemand mußte einen schwerwiegenden Grund gehabt haben, den Lehrer zu beseitigen. Aber noch war kein Motiv zu erkennen. Ganz gleich, von welcher Seite Bony den Fall betrachtete, alle Spuren schienen im Sand zu verlaufen – genau wie die Wasserläufe, die in dieser Gegend in der Sommerhitze urplötzlich austrockneten. Der Inspektor war mutlos und erschöpft, als er das Ungeheuer auf dem Rückweg zum Camp fütterte und tränkte.

14

Am nächsten Morgen wachte Bony zeitig auf. Die Morgenbrise wehte das Laub durch die Bäume, die rings um das Camp standen, doch die Kälte der Nacht war immer noch deutlich zu spüren. Der Mischling hatte sich Tee aufgebrüht. Plötzlich stellte er den Becher ab und starrte in die Ferne, doch sein Blick war nach innen gekehrt. Maidstone! Maidstone war ermordet worden. Das Motiv dafür konnte nur sein, daß Maidstone etwas gesehen, etwas getan oder etwas gewußt hatte, was für den Mörder eine Gefahr bedeutet hätte. Was wußte er aber schon über Maidstone? Zweifellos war Maidstones Fotosafari eine völlig harmlose Angelegenheit gewesen. Wie nun, wenn dem Lehrer etwas bekannt gewesen wäre, dessen er sich überhaupt nicht bewußt war? Je länger Bony darüber nachdachte, um so mehr war er überzeugt, daß er die fehlenden Steine des Puzzlespiels bei Maidstone suchen müsse. Aber das war wirklich keine leichte Aufgabe.

Er überlegte, welche Reaktion man wohl von ihm erwartete, nachdem man auf ihn geschossen hatte. Wenn er den Vorfall überhaupt nicht erwähnte, würden die Eingeborenen und alle, die noch gewisse Zweifel hegten, überzeugt sein, daß der neue Fencer tatsächlich Polizeibeamter war. Die Mauer des Schweigens wäre dann unüberwindlicher als zuvor. Ein Zaunarbeiter aber – und als den gab er sich ja aus – würde den Zwischenfall nicht so ruhig hinnehmen. Er würde einen gewaltigen Krach schlagen und sich bei Newton beschweren. Und er würde zweifellos darauf dringen, daß die Geschichte der Polizei gemeldet wurde.

Nach gründlicher Überlegung kam Bony zu dem Schluß, daß es beim derzeitigen Stand der Ermittlungen das Beste sei, den steuerzahlenden Fencer zu spielen und sich gewaltig über den leichtsinnigen Schützen aufzuregen. Er mußte also mit Newton sprechen und versuchen, noch mehr über Maidstone herauszufinden. Dann erinnerte er sich, daß Maidstone ja bei Commander Joyce im Herrenhaus gewohnt hatte. Joyce hatte seine volle Unterstützung angeboten. Nun mußte Bony versuchen, von dem Commander jedes Wort, das Maidstone im Verlauf der Unterhaltung gesagt hatte, in Erfahrung zu bringen. Zweifellos hatte der Lehrer irgend etwas gesagt, was bei den Ermittlungen weiterhelfen würde.

Newton machte ein grimmiges Gesicht, als er vor seinem Bambusgrasschuppen Bonys Bericht anhörte.

»Am Anfang glaubte ich nicht, daß viel dahintersteckt«, meinte der Zaunwart. »Aber jetzt bin ich überzeugt davon. Ich werde für Sie zur Polizei in Broken Hill gehen. Offen gestanden bin ich der Meinung, daß Sie Unterstützung brauchen. Sie kennen sich im Busch genausogut aus wie ich. Also wissen Sie auch, daß man hier einen Menschen ohne Schwierigkeiten erschlagen und vergraben kann. Mindestens sechs Monate würden vergehen, bevor jemand die Leiche findet. Ich möchte nicht die Verantwortung tragen, daß Ihnen etwas zustößt.«

Inspektor Bonaparte schüttelte den Kopf. »Nein, zunächst möchte ich den Fall allein weiterbearbeiten. Aber in Kürze werde ich vermutlich Unterstützung benötigen. Es gibt noch eine Menge Dinge, die ich nicht verstehe, die aber nur geklärt werden können, wenn auch noch an anderer Stelle Ermittlungen geführt werden. Dieser Mord ist kein gewöhnliches Verbrechen, bei dem ein Mann von einem Irren getötet wurde, oder weil der Täter sein Geld rauben wollte. Meines Erachtens steckt hinter der Geschichte viel mehr, als ich zunächst angenommen habe. Ich glaube nicht, daß alle offenstehenden Fragen hier am Tatort gelöst werden können. Ich kann mir aber nicht erlauben, plötzlich meine Rolle als Fencer aufzugeben. Deshalb kann ich mich auch nicht plötzlich auf den Weg machen und die erforderlichen Ermittlungen in die Wege leiten. Ich möchte Sie deshalb bitten, mich in drei Tagen zu besuchen – scheinbar, um den Zaun zu inspizieren. Bis dahin hoffe ich in der Lage zu sein, Ihnen zu sagen, welche Dinge ich an welcher Stelle ermittelt haben möchte.«

Newton nickte. »Geht in Ordnung. Sollte ich Sie allerdings nicht finden, haben Sie doch wohl nichts dagegen, wenn ich das Ungeheuer meistbietend versteigere?«

Bony verstand den Sarkasmus des Zaunwarts nur zu gut. Newton war ein Prachtkerl und vielleicht der einzige in dieser einsamen Gegend, auf den er sich verlassen konnte.

»Tun Sie das«, meinte Bony lächelnd. »Sie können es aber auch ins Touristenzentrum bringen. Als Attraktion von Ayers Rock. Wenn es Ihnen gelingt, ihn auf den Gipfel zu lotsen, dann kann er dort den Mond anbrüllen und den Urlaubern einen ordentlichen Schrecken einjagen. Aber wenn Sie mich morgen nicht finden, brauchen Sie sich keine Sorgen zu machen. Ich will Joyce besuchen. Und noch etwas.« Er stieg in den Sattel, und das Kamel machte sich für den Rückweg bereit. »Im Augenblick dürfte es besser sein, wenn Sie mich tagsüber besuchen. Ich bin im Moment etwas allergisch gegen Leute, die sich in der Nacht anschleichen.«

Commander a. D. Joyce arbeitete hart am Schreibtisch seines Büros, als ihm Bony gemeldet wurde. Er begrüßte Bony zwar herzlich, aber doch mit einer gewissen Reserviertheit, die Bony bereits bei seinem ersten Besuch bemerkt hatte.

»Nun, Inspektor, was kann ich für Sie tun?« meinte er.

»Zunächst einmal«, erwiderte Bony, »titulieren Sie mich bitte nicht so. Auch hier haben die Wände Ohren, wie Sie wissen.«

»Entschuldigung«, sagte Joyce hastig. »Ed, oder war's Ted? Nein, Ed war Ihr Name, nicht wahr?«

»Ja, Ed«, antwortete Bony. »Seit ich Sie zum erstenmal besucht habe, hat man einen Versuch unternommen, das Deutebein auf mich zu richten, man hat mir die Kamele gestohlen, und außerdem hat jemand auf mich geschossen. Ich habe zwar den Eindruck, daß der Schütze mich nicht treffen wollte, aber die Kugel pfiff dicht an meinem Kopf vorbei.«

Joyce riß die Augen auf. »Was sagen Sie da! Ist das Ihr Ernst?«

»Gewiß, es ist mein vollkommener Ernst«, entgegnete

Bony. »Und es wäre mir lieb, wenn auch Sie die Vorfälle ernst nehmen. Deshalb möchte ich eine Stunde lang um Ihre Mithilfe bitten, obwohl ich Sie nur höchst ungern von Ihrer Arbeit abhalte.«

»Aber selbstverständlich helfe ich Ihnen gern«, erwiderte Joyce.

»Ich muß folgendes wissen«, sagte Bony. »Hat Maidstone Ihnen vielleicht seinen Lebenslauf erzählt?«

»Nein, ich glaube nicht«, antwortete Joyce. »Er sprach nur davon, daß er leidenschaftlich gern fotografiert und in seiner Freizeit für Zeitschriften Reportagen macht.«

»Hat er Ihnen auch vielleicht erzählt, was er für einen Apparat benützt?«

»Ja, er hat mir seine Kamera gezeigt. Mir schien sie reichlich kompliziert. Dürfte eine Menge Geld gekostet haben. Er hatte sich gerade ein neues batteriebetriebenes Blitzgerät gekauft, mit dem er bei Nacht an den Wasserstellen Vieh und Wildtiere aufnehmen wollte.«

»Hat er auch hier in der Gegend Aufnahmen gemacht?« fragte Bony gespannt.

»Er hat ein paar Bilder vom Herrenhaus und den Farmgebäuden gemacht«, erwiderte Joyce. »Aber nicht bei Nacht. Er sagte mir, daß er die Blitzlampen überhaupt noch nicht ausprobiert habe. Er hatte fünfzig Stück bei sich, aber noch nicht eine einzige benützt.«

»Fünfzig Stück«, murmelte Bony. »Wissen Sie das genau?«

»Ja. Er zeigte sie mir. Er erklärte mir, wie das Blitzgerät arbeitet, und ich fragte ihn, wie viele Lampen er bei sich habe – und da antwortete er: ›Fünfzig Stück.‹«

Bony überlegte blitzschnell. In den Polizeiakten hatte er gelesen, daß sich unter Maidstones Effekten 48 Blitzlampen befunden hatten. Die zwei fehlenden hatte er gefunden. Und doch hatte Maidstones Kamera keinen Film enthalten, und auf den von der Polizei sichergestellten und entwickelten Filmen waren keine Nachtaufnahmen gewesen. Zweifellos war der Umstand wichtig, daß Maidstone bei Nacht Aufnahmen gemacht hatte, der Film aber fehlte. Eine leichte Erregung überkam Bony.

»Haben Sie sonst noch über etwas gesprochen, was wichtig sein könnte?« fragte Bony weiter.

»Woher soll ich wissen, was wichtig ist und was nicht«, meinte Joyce. »Er erzählte mir, daß er hoffe, einige seltene Tiere auf den Film bannen zu können. Aber die Öffentlichkeit interessiert sich so stark für die großen Viehstationen im Innern Australiens, daß er auch schon zufrieden gewesen wäre, bei Nacht eine Rinderherde an einer Wasserstelle zu erwischen. Die Zeitschrift, für die Maidstone die Bilder aufnahm, wollte vor allem Aufnahmen aus dem Innern Australiens haben. Anscheinend ist es in der Öffentlichkeit noch zu wenig bekannt, daß man das Vieh auch an künstlich angelegten Brunnen tränken kann, wenn in dem betreffenden Gebiet wasserführende Schichten vorhanden sind. Die Fotos sollten einen Artikel illustrieren, den ein Landwirtschaftsexperte verfaßt hatte.«

»Warum ist Maidstone dann ausgerechnet in diese Gegend gekommen?« grübelte Bony. »Mit dem Motorrad wäre es doch bedeutend bequemer gewesen, die Brunnen im Süden von Queensland zu besuchen – zum Beispiel in der Gegend von Blackall. Oder im Norden von New South Wales in der Nähe von Moree.«

»Tut mir leid, da kann ich Ihnen auch nicht helfen.« Joyce zuckte die Achseln. »Ich habe keine Ahnung, warum er ausgerechnet in unsere Gegend gekommen ist. Er schien hier keinen Menschen zu kennen. Lediglich Levvey hatte ihn aufgefordert, bei ihm zu wohnen, wenn er einmal in die Nähe käme.«

»Was sagen Sie da!« Bony fuhr auf.

»Levvey hat ihn eingeladen, bei ihm zu wohnen. Er hat Levvey wohl in Sydney kennengelernt – kurz, nachdem Levvey den Verwalterposten auf der Lake-Frome-Station erhalten hatte. Levvey besaß ein Haus unten in Collaroy – oder in der Nähe von Collaroy. Maidstone lernte ihn auf einer Party kennen.«

Bony wechselte plötzlich das Thema. »Was für eine Farm ist eigentlich die Lake-Frome-Station?«

»Ach, das ist recht schönes Land«, antwortete Joyce. »Aber die Eigentümer lassen sich nie draußen sehen. Die Lake-Frome-Station gehört einer dieser landwirtschaftlichen Gesellschaften, bei denen die meisten Aktionäre in England sitzen. Die Farm wird seit eh und je von dem Verwalter geleitet. Sie hat trotzdem stets einen guten Ertrag abgeworfen.«

»Kannten Sie Levvey, bevor er hierherkam?«

»Nein, ich kannte ihn nicht.« Der Commander schüttelte den Kopf. »Eines Tages kam er herüber und stellte sich vor. Sein Aussehen überraschte mich etwas, aber er scheint ein guter Viehzüchter zu sein und sich im Busch auszukennen. Ich verstand nur nicht recht, wie er und Maidstone sich auf dieser Party hatten anfreunden können. Maidstone war ein intellektueller Typ und vielseitig interessiert. Deshalb verstand ich nicht, daß er sich mit einem Mann wie Levvey eingelassen hatte. Nun, Maidstone schien es hier draußen im Busch zu gefallen. In den Ferien ist er immer viel gereist. Vielleicht wollte er gern einmal die Gegend kennenlernen, von der Levvey erzählt hatte. So, und jetzt wird's Zeit für einen Drink. Kann ich sonst noch etwas für Sie tun?«

»Danke, nein«, antwortete Bony. Er unterhielt sich dann aber noch mit Joyce über die Aussichten, das Gebiet von Quinambie und Lake Frome landwirtschaftlich zu entwikkeln.

»Ohne Wasser ist da nichts zu machen«, gab Joyce zu bedenken. »Das Wasser aus den Brunnen genügt ja nicht. Wir müßten soviel haben, daß wir das Land bewässern könnten. Wenn wir genügend Niederschlag hätten, könnten wir hier alles anbauen. Wenn man genügend Wasser hat und einen anständigen Dünger verwendet, kann der Boden noch so schlecht sein – Gras wächst dann immer noch.«

Inspektor Bonaparte pflichtete ihm bei, und die beiden Männer nippten an ihren Drinks. Es war dem Commander deutlich anzumerken, daß er sich ernsthaft für seine Wahlheimat interessierte, und Bony gelangte zu dem Schluß, daß man diesem Mann – genau wie Newton – volles Vertrauen schenken konnte. Noch während sie sich weiter unterhielten, dachte Bony über die Informationen nach, die ihm Joyce gegeben hatte. Auch früher schon hatte er es oft erlebt: Wichtige Einzelheiten hatte er erst bei einer zweiten Unterredung erfahren. Dinge, die einen brauchbaren Hinweis geben konnten, wurden von den Leuten übergangen, weil sie ihnen unwichtig erschienen. Nur was sensationell wirkte, erzählte man ihm – und das wurde oft noch unnötig ausgeschmückt. Deshalb zahlte es sich immer wieder aus, mit einem Zeugen mehrmals zu sprechen. Da fielen ihm oft Kleinigkeiten ein, die er früher nicht erwähnt hatte. Zum erstenmal hatte Bony das sichere Gefühl, daß er auch diesen Fall erfolgreich abschließen würde.

15

Der Rücken schmerzte so sehr, daß der Mischling nicht wußte, ob er sich zusammenrollen oder lieber lang ausstrekken sollte. Bei jeder Bewegung protestierten seine Muskeln. Dies ist das gemeinste Stück aller Grenzzäune Australiens! dachte Bony resigniert.

Drei Tage hatte er gegen Stachelgras und Laub angekämpft, das der Wind gegen den Zaun trieb, hatte es über den Zaun geschaufelt und beobachtet, wie es nach New South Wales hineingetragen wurde. Drei Tage lang hatte sich der Wind über Bonys Plackerei lustig gemacht. Kaum war eine Ladung über den Zaun geschaufelt, stapelten sich bereits wieder die Stachelgrasbälle.

Selbst bei Nacht heulte der Sandsturm über das Camp hinweg. Die Kamele brummten, waren unruhig, weil sie das ununterbrochene Rieseln des Sandes störte. Das von Natur aus unberechenbare Ungeheuer wurde unter dem dauernden Bombardement mit Stachelgrasbüscheln gereizt, stieß von Zeit zu Zeit vor Wut sein gurgelndes Brüllen aus.

Bony, der den größten Teil seines Lebens im Busch verbracht hatte, machte es sich so bequem wie möglich. Das Camp errichtete er stets auf der dem Wind abgekehrten Seite der höchsten Düne, die er finden konnte. Die Feuerstelle legte er einige Meter weiter östlich an, damit er nicht durch Rauch und Funkenflug belästigt wurde. Doch trotz aller Vorsichtsmaßnahmen war der Sand überall: Sand war im Brot, Sand war im Zucker und im Tee, Sand war im Haar. Alles schmeckte nach Sand. Bony wickelte sich fester in eine Decke ein – aber zwischen den Zähnen knirschte der Sand. Was hätte er jetzt darum gegeben, in einem Restaurant in Broken Hill zu sitzen, ein Brathähnchen vor sich auf dem Tisch, dazu ein kühles Bier...

Am nächsten Tag hatte die Gewalt des Windes abgenommen, und als die Mittagspause nahte, war Bonys Rücken nicht mehr ganz so steif. Der Mischling war dreihundert Meter von seinem Camp entfernt, als ihn jemand rief, und als er aufblickte, sah er Newton, der auf seinem Pferd herantrabte.

»Na immer noch zu tun?« fragte der Zaunwart.

»Leider ja«, knurrte Bony. »Von mir aus kann dieser verdammte Zaun zum Teufel gehen, und wenn ein Dingo tatsächlich den Mut hat, in dieser vermaledeiten Gegend zu leben, verdient er es auch, sich einmal an den Schafen in New South Wales gütlich zu tun.«

»Ein Hüter des Gesetzes sollte aber nicht derartige Reden führen«, tadelte Newton lachend.

»Möglich«, brummte Bony. »Wohl aber ein Mann, dem das Kreuz derart weh tut wie mir. Hat Ihre Behörde eigentlich noch nichts davon gehört, daß es für diese Arbeiten bereits Maschinen gibt?«

»Die können wir nicht verwenden«, entgegnete Newton ernst. »Bedenken Sie, wie viele Leute arbeitslos würden. Und Sie wollen doch wohl auch nicht, daß hier draußen im Busch die Automation Einzug hält?«

»Na schön«, meinte Bony. »Aber diesmal könnten Sie etwas für mich tun. Kommen Sie, wir trinken einen Becher Tee, und ich erzähle Ihnen, worum es geht.«

Sie setzten sich unter eine Palme in der Nähe des Camps.

»Also«, begann der Inspektor, »ich möchte Sie bitten, diesen Brief dem Chefinspektor in Broken Hill zu übergeben, und zwar persönlich. Niemand sonst darf erfahren, daß ich hier draußen tatsächlich Ermittlungen anstelle. Sonst dürften Sie sich sehr schnell nach einem neuen Fencer umsehen müssen, fürchte ich. Können Sie für die Fahrt nach Broken Hill einen plausiblen Grund finden? Sie müßten nämlich einige Tage dort bleiben, bis die Antworten auf meine Anfragen eingehen. Ich traue hier niemandem außer Ihnen, aber ohne die benötigten Informationen komme ich mit meinen Ermittlungen nicht weiter.«

»Überlassen Sie nur alles mir«, sagte Newton. »Ein paar Tage in Broken Hill werden mir ganz guttun.«

»Okay«, fuhr Bony fort. »Inzwischen werde ich mich um Ihren vermaledeiten Zaun kümmern. Kommen Sie aber bitte so schnell wie möglich zurück.«

Die nächsten Tage schienen nur noch dahinzuschleichen, und Bony mußte seine ganze Geduld zusammennehmen. Einmal ritt er zur Stammfarm, um seine Rationen aufzufüllen, aber er hütete sich wohlweislich, mit irgend jemandem über den Fall Maidstone zu sprechen. Allerdings beklagte er sich lautstark über gewisse Dummköpfe, die unachtsam in der Gegend herumgeknallt und ihn um ein Haar erschossen hätten. Er benützte die Gelegenheit, nochmals zu erklären, daß er überzeugt sei, auch Maidstone sei einem dieser leichtsinnigen Schützen zum Opfer gefallen. Es gäbe in dieser Gegend Leute, die überhaupt nicht richtig mit einem Gewehr umgehen könnten. Wahrscheinlich sei einer von ihnen auf die Jagd gegangen und habe versehentlich Maidstone erschossen. Und hinterher habe er Angst gehabt, der Polizei etwas von dem Unfall zu melden.

Auf dem Rückweg zu seinem Camp stattete er Nugget einen Besuch ab und erzählte ihm, daß auch er beinahe einem leichtsinnigen Schützen zum Opfer gefallen sei. Außerdem ließ Bony durchblicken, daß er vielleicht doch den von Levvey angebotenen Job annehmen werde, denn er habe die Arbeit am Zaun restlos satt. Falls Nugget zufällig Levvey begegnen sollte, dann möge er ihm doch Bescheid sagen.

Nugget hatte die ganze Zeit einen Sattel poliert. Jetzt blickte er mit einem Ruck auf. Zum erstenmal an diesem Morgen sah er Bony ins Gesicht.

»Hm, eine gute Idee«, meinte er bedächtig. »Ich werde Levvey Bescheid sagen. Er ist ein prima Kerl. Wird sich bestimmt um Sie kümmern.«

Bony wollte gerade aufbrechen, da tauchte Bohnenstange Kent auf. Gutgelaunt begrüßte Bony den Fencer.

»Na, Bohnenstange, haben dich die Viehdiebe wieder um den Schlaf gebracht?«

»Nein«, erwiderte Bohnenstange gereizt. »Und wenn es so wäre, würde ich nicht darüber sprechen. Besonders nicht zu einem verwünschten Polypen. Ich habe übrigens gehört, daß Sie einer sind.«

»Aber ich bitte dich!« entgegnete Bony. »Wer, um alles auf der Welt, hat dir denn so einen Unsinn erzählt?«

»Ach, jeder auf Quinambie glaubt es doch«, brummte Kent. »Warum rückst du nicht offen mit der Sprache heraus? Warum mischst du dich unter uns und tust so, als wärst du ein anständiger Arbeiter? Hier hilft kein Mensch der Polizei ganz besonders nicht, wenn sich ein Polyp verkleidet und einen anderen Arbeiter um seine Stellung bringt.«

»Da schätzt du mich aber völlig falsch ein, Kamerad«, entgegnete Bony ruhig. »Wer diesen ganzen Unsinn erzählt hat, sollte sich schleunigst auf seinen Geisteszustand untersuchen lassen.«

»Vielleicht täusche ich mich, vielleicht auch nicht«, brummte Bohnenstange Kent. »Aber wenn du tatsächlich ein Polizist bist, wie man behauptet, dann solltest du hier schleunigst verschwinden und sofort Urlaub nehmen. In unserer Gegend ist die Polizei nicht sehr beliebt.«

»Besten Dank für den guten Rat«, erwiderte Bony. »Wenn er mich etwas anginge, würde ich ihn bestimmt beherzigen.«

Bony drehte sich plötzlich zu Nugget um und sah, daß der Schwarze ihn mit einem undurchdringlichen Lächeln aufmerksam beobachtete.

»Übrigens, Nugget«, sagte Bony, »was hast du eigentlich mit der Winchesterbüchse gemacht, die du früher gehabt hast?«

»Verkauft«, antwortete Nugget kurz. »Oder glauben Sie vielleicht, ich könnte mir zwei Gewehre leisten?«

»Nein, das glaube ich allerdings nicht. Ich habe zu Hause eine Winchester. Du besitzt vermutlich keine Patronen mehr, die du mir verkaufen könntest?«

»Nein, ich habe keine mehr«, erwiderte Nugget barsch. »Und jetzt muß ich am Zaun arbeiten. Wenn Sie es sich leisten können, den ganzen Tag zu schwatzen – ich kann es mir nicht leisten.« Er machte auf dem Absatz kehrt. »Komm, Bohnenstange. Ich möchte mich mit dir ausführlich unterhalten, während ich am Zaun arbeite.«

Bohnenstange verabschiedete sich brummend von Bony und marschierte mit Nugget davon.

»Tja, Bony«, murmelte der Inspektor. »Ich glaube, sehr beliebt bist du hier nicht. Je schneller du den Fall abschließt und hier verschwindest, um so besser dürfte es für dich sein.«

Ein Glück, daß Bony nicht wußte, was ihn in den nächsten Tagen erwartete.

16

Bony lag, in seine Decken eingerollt, neben dem Lagerfeuer, konnte aber keinen Schlaf finden. Er wußte nur zu gut, daß in gewissen Bevölkerungskreisen eine große Abneigung gegen die Polizei bestand. Es gab viele Menschen vom Typ Bohnenstange Kent, die eine Behörde als Feind betrachteten, den man an der Nase herumführen durfte, sooft es nur ging. Doch deshalb machte sich Bony keine Sorgen. Ihm bereitete es vielmehr Sorgen, daß es die Leute fertigbrachten, seelenruhig zuzusehen, wie ein Polizeibeamter einen Mörder festzunehmen versuchte, ohne sich verpflichtet zu fühlen, den Beamten bei seinen Bemühungen zu unterstützen. Wie oft war es schon vorgekommen, daß ein Polizeibeamter bei einer Amtshandlung zusammengeschlagen wurde, während die Leute untätig zuschauten, obwohl er sie ja vor einem Gesetzesbrecher zu schützen suchte.

Bony lag auf dem Rücken und starrte hinauf zu den Sternen, grübelte über das seltsame Verhalten vieler Bürger nach, die den Gesetzesbrecher als einen der ihren, die Polizei hingegen als Teil der Staatsmacht betrachteten. Doch wehe, wenn sie dann selbst Opfer eines Verbrechens wurden! Er seufzte und schloß die Augen. Man kann nur seine Arbeit tun und sonst nichts! dachte er.

Bei dieser philosophischen Betrachtung fiel ihm der Chefinspektor von Broken Hill ein. Der Brief, der dem Chefinspektor durch Newton überbracht worden war, hatte ihn gewiß beruhigt. Bony konnte sich lebhaft vorstellen, wie sich der Polizeichef von Broken Hill schon den Kopf zermartert hatte, was er den übergeordneten Stellen antworten sollte, falls diese sich nach dem Fortgang der Ermittlungen erkundigten. Schließlich schlief Bony ein.

Am nächsten Morgen wollte Bony sich gerade auf den Weg zum Zaun machen, als er zu seiner Überraschung Bohnenstange Kent entdeckte. Der dürre Fencer ritt auf ihn zu, ein mit Bettzeug, Proviant und Werkzeugen beladenes Kamel mitführend. Er ließ das Reittier niederknien und kletterte aus dem Sattel. Mit keinem Wort ging er auf sein Benehmen vom Vortage ein.

»Tag, Ed!« sagte er.

»Guten Tag, Bohnenstange«, erwiderte Bony. »Was machst du denn hier?«

»Als ich zum Camp zurückritt, erhielt ich eine Nachricht von Newton«, erklärte Bohnenstange mit seiner hohen Stimme. »Anscheinend ist der Mann, der am Zaunabschnitt nördlich von mir arbeitet, erkrankt. Blinddarm. Newton will, daß wir beide aushelfen. Wir sollen zwei Tage lang diesen Zaunabschnitt in Ordnung bringen.«

Bony überlegte blitzschnell. Er glaubte Bohnenstange nicht. Newton hatte nichts dergleichen erwähnt, und Bony konnte sich nicht vorstellen, daß ihn der Zaunwart zu diesem wichtigen Zeitpunkt an eine andere Stelle des Zauns schickte. Andererseits aber würde er Bohnenstange in seinem Verdacht bestärken, daß er – Bony – ein als Arbeiter verkleideter Kriminalbeamter sei, wenn er sich weigerte, mitzukommen. Wenn er seine Rolle als Fencer überzeugend spielen wollte, konnte er sich einer Anweisung Newtons nicht widersetzen. Gleichzeitig mußte er aber auch in Betracht ziehen, daß Bohnenstange in den Mord verwickelt, vielleicht auch einer der Viehdiebe war. Dann bezweckte der Mann mit seinem Besuch vielleicht nicht nur, ›Ed Bonnay‹, von seinem Zaunabschnitt wegzulocken, sondern ihn an einer geeigneten Stelle endgültig aus dem Weg zu räumen. Aber es half nichts – Bony mußte das Risiko auf sich nehmen und Bohnenstange Kent begleiten.

»In Ordnung, Bohnenstange. Ich packe nur rasch zusammen. Wie steht es mit Geräten?«

»Brauchst du nicht mitzunehmen«, erwiderte der dürre Fencer. Ich habe einige Rechen und auch eine Axt, falls wir Pfosten benötigen. Nimm dir aber für zwei Tage Proviant mit und ein paar Decken.«

Bony lud dem Ungeheuer die benötigten Sachen auf und tränkte George und Rosie, die er beim Camp zurückließ, damit sie sich Futter suchen konnten.

»Wohin gehen wir nun genau?« fragte er, als sie losritten.

»Zu einer Stelle ungefähr zwanzig Meilen nördlich des Gattertors bei Brunnen zehn. Dazu werden wir einen halben Tag brauchen. Wir folgen dem Zaun auf der Ostseite.«

Nachdem sie das Gattertor bei Brunnen 10 passiert hatten, wurde Bohnenstange etwas gesprächiger.

»Ich mache vielleicht schon bald im Süden Urlaub. Du weißt ja selbst, wie einem das einsame Leben hier draußen an die Nieren geht. Tut mir leid, daß ich gestern solchen Unsinn geredet habe.«

»Schon gut«, meinte Bony. »Kein Mensch kann es leiden, wenn jemand herumschnüffelt. Aber wenn du mich für einen Schnüffler hältst, hast du dir den Falschen ausgesucht.«

»Newton meinte, wir sollen Bestand aufnehmen und nachsehen, was für Material der Mann alles hat.«

Bony lachte. »Na schön, ich hab nichts dagegen. Was hast du eigentlich gemacht, bevor du Fencer wurdest, Bohnenstange?«

»Ich war Scherer. Auf den Schaffarmen zwischen Warren und Bourke. Wenn wir die Vliese von Kletten gereinigt haben, waren meine Arme bis zu den Ellbogen derart zerkratzt, daß kaum noch die Haut zu sehen war. Man verdient zwar gutes Geld, aber ich habe lieber Schluß gemacht, bevor mir die Haut in Fetzen abfiel.«

»Hast du auch einmal auf einer Rinderstation gearbeitet?« fragte Bony.

»Ja. Hier draußen im Busch kann ich praktisch alles. Ganz gleich, nach welcher Arbeit du mich fragst – ich habe sie schon getan.«

Das will ich mir gut merken! dachte Bony. Kent ist also auch in der Lage, mit Rindern umzugehen.

Sie legten eine Rast ein, brühten sich im Schatten eines Mulgabaumes Tee auf und aßen etwas. Bohnenstange schien es plötzlich gar nicht mehr eilig zu haben. Er rauchte und erzählte munter drauflos. Bonys Unbehagen wuchs ständig, denn die plötzliche Leutseligkeit und das Bestreben Kents, ihn – Bony – immer weiter von dem zugewiesenen Zaunabschnitt wegzulocken, war höchst verdächtig. Schließlich, nach dem dritten Becher Tee, verkündete Bohnenstange, daß nun nur noch ein Ritt von einer Stunde vor ihnen läge. Es sei wohl am besten, jetzt gleich aufzubrechen.

Um drei Uhr erklärte Kent, jetzt sei die Stelle erreicht, an der mit der Reinigung des Zauns begonnen werden müsse. Die beiden Männer achteten auf lose Drähte und morsche Pfosten, räumten am Fuß des Zaunes angewehtes Unkraut weg. Zwei Pfosten mußten erneuert werden, und als die Sonne unterging, hatten sie erst zwei Meilen des Zaunabschnitts geschafft.

Die beiden Männer legten ihren Kamelen Hobbelketten an,

brühten sich über dem Lagerfeuer Tee auf und holten sich Fleisch und Brot aus ihren Proviantkisten.

»Wenn wir morgen zeitig beginnen, müßten wir die restlichen drei Meilen gut schaffen«, meinte Bohnenstange. »Ich leg mich jetzt aufs Ohr.«

Er rollte sich dicht beim Lagerfeuer in seine Decken.

Auch Bony wickelte sich in seine Decken, blieb aber mit dem Rücken gegen eine Palme gelehnt sitzen. Er wollte sich überzeugen, daß Bohnenstange auch wirklich fest schlief, bevor er sich selbst ein wenig Schlummer gönnte. Nachdenklich starrte er in die rote Glut, fragte sich immer wieder, warum Bohnenstange wohl so plötzlich derart leutselig war, nachdem er noch am Vortag seine offene Feindschaft unumwunden zugegeben hatte. Dafür gibt es eigentlich nur eine Erklärung, dachte Bony. Kent hat mich absichtlich von meinem Zaunabschnitt weggelockt!

Bony drehte sich eine Zigarette, rauchte und wartete, ob Kent wirklich schlief. Doch er konnte nicht verhindern, immer schläfriger zu werden. Er stand auf, wanderte um das Lagerfeuer, warf noch einige Äste hinein.

Bohnenstange regte sich nicht. Bony lauschte eine Weile auf das regelmäßige Atmen, dann lehnte er sich wieder gegen den Stamm der Palme. Er nahm sich vor, wach zu bleiben, doch nach einiger Zeit schlief er trotzdem ein. Nach dem langen Ritt und der schweren Arbeit am Zaun war er viel zu erschöpft, um die Augen offenhalten zu können.

Plötzlich schreckte er auf. Die Asche des Lagerfeuers war kalt. Der Morgen dämmerte kalt und grau, und Bony wußte sofort, daß etwas nicht in Ordnung war. Er blickte zu der Stelle, an der Bohnenstange sich niedergelegt hatte, doch der Fencer war verschwunden und sein Reitkamel ebenfalls. Das

Packtier und das Ungeheuer waren allerdings noch, mit Hobbelketten gefesselt, ganz in der Nähe. Inspektor Napoleon Bonaparte stand auf und machte sich die größten Vorwürfe, eingeschlafen zu sein.

Er band die Kamele zusammen und ritt so schnell wie möglich am Zaun entlang zurück. Als er sein eigenes Camp passierte, hatte er Bohnenstange Kent noch nicht zu Gesicht bekommen. Er ritt weiter. Vielleicht fand er den Fencer in Nuggets Hütte, falls der Schwarze sich noch dort befand.

Als Bony zum Gattertor beim Brunnen 10 kam, stieg er ab und hielt nach Spuren Ausschau. Ohne den Blick vom Boden zu heben, marschierte er auf der anderen Seite des Zaunes entlang. Vielleicht hatte Bohnenstange das Tor passiert. Doch Bony konnte keine diesbezüglichen Spuren finden. Aber er entdeckte andere Spuren: Spuren eines einzelnen Pferdes – und weitere Spuren, bei deren Anblick er einen leisen Fluch ausstieß. Diese Spuren stammten von einer größeren Anzahl von Rindern. Bony folgte der Fährte und sah, daß sie ganz frisch war.

Damit hatte er den Beweis, daß seine Anwesenheit in dieser Gegend den Viehdieben nicht gepaßt hatte. Sie hatten nicht wagen können, Rinder wegzutreiben, da sie ja nicht wußten, zu welchem Zeitpunkt und an welcher Stelle seines Zaunabschnitts Bony sich befand. Entweder gehörte Bohnenstange selbst zu den Viehdieben, oder man hatte ihn bestochen, Bony vorübergehend wegzulocken. Es war Bony ja gleich äußerst verdächtig vorgekommen, daß sich der dürre Fencer plötzlich so leutselig gab.

Nugget hielt sich nebst Frau und Kindern in der Nähe seiner Hütte auf.

»Guten Tag, Nugget. Hast du Bohnenstange gesehen?« fragte Bony.

»Nein. Und meine Schwester auch nicht. Seit heute morgen nicht mehr. Wenn diese verrückte Bohnenstange mit ihr durchgegangen ist, dann bringe ich den Kerl um. Ganz bestimmt.«

Bony zögerte. Zweifellos würde er sich unverdächtiger benehmen, wenn er Nugget erzählte, was sich in der vergangenen Nacht ereignet hatte, als wenn er es verheimlichte.

»Ich habe gestern gemeinsam mit Bohnenstange am Zaun gearbeitet, und nun ist er plötzlich weg. Einfach verschwunden. Heute morgen wache ich auf, und er ist nicht mehr da. Und er hat nichts zurückgelassen. Nicht mal einen Zettel mit einer Nachricht.«

Nugget lachte, aber es klang nicht so fröhlich wie sonst.

»Ich wundere mich nur, daß er Ihnen nicht die Kehle durchgeschnitten hat, bevor er sich verdrückt hat – wo er doch einen solchen Haß auf die Polizisten hat. Sie können von Glück reden, wenn er einfach verschwunden ist. Aber wenn ich meine Schwester mit ihm zusammen erwische, wird der Kerl sein blaues Wunder erleben.«

Bony hielt es für das beste, Nuggets Sticheleien über die Polizei zu ignorieren. Offensichtlich war der Wutausbruch nur gespielt, der Schwarze schien genau zu wissen, wo sich Bohnenstange und seine Schwester aufhielten. Aber das wollte er wohl keinesfalls verraten. Außerdem durfte Bony nicht allzu viele Fragen stellen, da er ja bestritt, Kriminalbeamter zu sein.

»Na schön, das ist mir zu hoch«, brummte er. »Ich kann da nichts unternehmen – kann lediglich abwarten, bis Newton zurückkommt, und ihm dann erzählen, was passiert ist.«

»Ja, so ist es wohl«, meinte Nugget. »Vielleicht trifft er sich oben mit dem verrückten Pete.« Er lachte gezwungen.

»Ich arbeite heute ganz in der Nähe meines Camps«, sagte Bony. »Vielleicht erscheint Bohnenstange ja noch. Sollte Newton morgen hier vorbeikommen, dann richte ihm bitte aus, daß ich ihn sprechen möchte.«

Schließlich brauchte Nugget nicht zu wissen, daß Newton in Broken Hill war.

»Er wird morgen kaum kommen«, erwiderte Nugget. »Aber falls ich ihn sehe, werde ich es ihm ausrichten.«

»Danke«, sagte Bony und drehte das Kamel um. Nach einigen Schritten hielt er noch einmal an. »Übrigens – auf Quinambie muß man Vieh nach Süden getrieben haben. Bringen sie es immer auf diesem Weg weg, wenn sie es verkaufen?«

»Wie meinen Sie das?« rief Nugget.

»Am Zaun entlang sind Spuren zu sehen«, antwortete Bony.

»Möglich«, brummte Nugget. »Auf den Rinderfarmen tauscht man ja fortwährend den Viehbestand aus.«

Bony war überzeugt, daß die Spuren von gestohlenem Vieh herrührten. Welches andere Motiv hätte Bohnenstange sonst haben können, ihn von seinem Zaunabschnitt wegzulocken. Es half nichts: Bohnenstange Kent war an den Viehdiebstählen beteiligt – und vermutlich auch an der Ermordung Maidstones.

Am folgenden Morgen erhielt Bony unerwarteten Besuch. Langsam herrscht hier ein Betrieb wie in der Großstadt! dachte der Mischling. Den Mann, der sich hoch zu Roß näherte, hätte er am allerwenigsten erwartet. Es war Commander a. D. Joyce, der Herr der Quinambie-Station. Sattelzeug,

Reitanzug, Krawatte – all das war makellos. Aber Joyce schien schwere Sorgen zu haben.

»Ich habe feststellen müssen, daß ich die ganze Zeit meinen Kopf in den Sand gesteckt habe. Ich habe bisher nicht glauben wollen, daß Viehdiebe am Werk sind. Aber nachdem ich mich selbst davon überzeugen mußte, habe ich mich sofort in den Sattel geschwungen, um Ihnen Bescheid zu sagen. Auf einer meiner Weiden hatte ich hundertfünfzig Rinder, alle in bester Verfassung, bereit zum Verkauf. Gestern kam unerwartet ein Aufkäufer, und ich ritt mit ihm hinaus – aber die Rinder waren nicht da. Ich habe bis jetzt noch keinem Menschen etwas davon erzählt. Sie sind der erste, Bonnay. Derartige Diebstähle kann ich mir nicht leisten. Was können Sie in der Angelegenheit tun?«

Der Commander war offensichtlich wütend, daß es jemand gewagt hatte, ihn zu bestehlen.

»Vor allem kommt es darauf an, die Diebe im unklaren zu lassen«, entgegnete Bony schroff. »Reiten Sie jetzt zurück, und sprechen Sie mit keinem Menschen über die Geschichte, vor allem nicht mit Ihrem Verwalter. Und noch wichtiger ist es, Nugget oder Bohnenstange Kent gegenüber nichts zu erwähnen, falls Sie ihnen begegnen. Falls jemand wissen will, was Sie von mir gewollt haben, erklären Sie einfach, daß Fred Newton Sie über die Funkanlage gebeten habe, mir auszurichten, er käme diese Woche nicht zur gewohnten Inspektion. Über Ihr Vieh wissen Sie nicht Bescheid. Sie wissen nicht einmal, wieviel Stück Sie besitzen. Sie vermissen auch keine Rinder. Ist Ihnen alles klar?«

Joyce blickte auf Bony, und in seinem Gesicht spiegelte sich deutlich der Zwiespalt zwischen Respekt und Verärgerung wider.

»Ja, mir ist alles klar. Aber ich hoffe, auch Ihnen ist klar, was hundertfünfzig Rinder in erstklassiger Verfassung wert sind!«

»Das weiß ich allerdings sehr genau«, erwiderte Bony betont liebenswürdig. »Der Polizeichef von Broken Hill macht mir die Hölle heiß, Ihre Eingeborenen greifen mich an und richten das Deutebein auf mich. Außerdem hat man auf mich geschossen, und zu guter Letzt habe ich mich noch gewaltig zum Narren halten lassen. Überdies arbeite ich trotz Hitze, Sand und Fliegen an diesem vermaledeiten Zaun. Und dennoch interessiert mich dieser Fall nach wie vor. Um den Fall zu klären, bin ich hier. Also machen Sie sich keine Sorgen, Commander. Niemand wird mit Ihrem Vieh weit kommen. Darauf gebe ich Ihnen mein Wort.«

Joyce nickte zufrieden und ritt davon.

17

Einen Tag nach dem Besuch von Joyce fühlte sich Bony zuversichtlicher als je zuvor. Bohnenstanges seltsames Verhalten war nun, nachdem der Commander den Viehdiebstahl gemeldet hatte, mehr als durchsichtig. Immer neue Steinchen konnte Bony in das Puzzlespiel einsetzen. Den Viehdieben ging es nun bald an den Kragen, und vermutlich auch Maidstones Mörder. Der Inspektor war überzeugt, daß Newton die noch benötigten Informationen aus Broken Hill mitbringen würde. Dann konnte er vorgehen.

Eine Woche später jedoch gab Bony langsam die Hoffnung auf, daß Newton jemals zurückkam, und er sah sich schon zu lebenslanger Sklavenarbeit am Zaun verurteilt. Ein Tag nach dem anderen verging, ohne daß der Mischling etwas von dem Zaunwart hörte. Er schaufelte die Stachelgrasbüschel über den Zaun und kam sich wie einer der unschuldig nach der Teufelsinsel Verbannten vor. Er hatte diese Unglücklichen kennengelernt, als es seiner Frau nach einer Ewigkeit gelungen war, ihn ins Kino zu schleppen. An dem Tag, an dem er der Verzweiflung nahe war, ritt Newton auf das Camp zu. Der Zaunwart wurde von einem Fremden begleitet.

»Der Polizeichef von Broken Hill hat mir die Unterlagen, um die Sie gebeten hatten, nicht anvertrauen wollen.« Der Zaunwart grinste, als er Bonys verdattertes Gesicht bemerkte. »Er hat extra diesen Mann aus Sydney kommen lassen, damit er Briefträger spielt.«

»Kriminalinspektor Wells«, stellte sich der Fremde vor. »Ich freue mich, endlich einmal Gelegenheit zu haben, unseren berühmten Inspektor Napoleon Bonaparte kennenzulernen. Als Ihre Anfrage kam, hat unser Chef sofort einen ziemlichen Wirbel veranstaltet. Uns waren bereits verschiedene Gerüchte zu Ohren gekommen, und die Informationen, die wir von Ihnen erhielten, gestatteten uns, zwei und zwei zusammenzuzählen. Mein Chef hat mich daraufhin sofort nach Broken Hill in Marsch gesetzt.«

»Wie ich sehe, will man mich nicht in die Staatsgeheimnisse einweihen«, meinte Newton gut gelaunt, da die beiden Kriminalbeamten ihn überhaupt nicht beachteten.

»Sie irren sich nicht«, erwiderte Bony lächelnd. »Aber etwas möchte ich Ihnen doch noch verraten, Sir. Sie müssen sich um Ersatz für Bohnenstange bemühen. Er hat sich aus dem Staub gemacht. Ich ahne allerdings, wo ich ihn vielleicht finden kann, falls es sich herausstellen sollte, daß ich ihn festnehmen muß.«

Bony berichtete, was sich während der Abwesenheit des Zaunwarts ereignet hatte. Newton und Inspektor Wells lauschten aufmerksam.

»Nein, so was!« rief Newton schließlich. »Und nun?«

»Ich würde vorschlagen, Sie bereiten das Essen, während ich mit Wells einen kleinen Spaziergang am Zaun entlang mache«, sagte Bony grinsend. »Ich möchte ihm nämlich zeigen, welch unerhörte Plackerei Sie einem Kriminalinspektor über viele Wochen zugemutet haben.«

»Da soll doch gleich...!« brummte Newton. »Was glauben Sie eigentlich, wer hier Zaunwart ist? Na schön, ich will Ihnen den Gefallen tun.« Er warf ein paar Zweige ins Feuer. »Aber ich warne Sie«, rief er den beiden Männern nach, die sich bereits entfernten, »ich werde fuchsteufelswild, wenn Sie mich nicht als ersten einweihen, sobald der Fall aufgeklärt ist.«

Bony und Wells schlenderten zu einer Stelle am Zaun, die nach allen Seiten hin offen war, so daß jeder schon von weitem zu sehen war, der sich näherte. Hier übergab Wells Bony die Berichte, die er mitgebracht hatte. Bony hockte sich auf den Boden und studierte die Unterlagen aufmerksam. Schließlich blickte er zu Wells auf, und seine blauen Augen leuchteten zufrieden, als er die Papiere zurückreichte.

»Das dürfte das fehlende Glied in der Kette sein. Das muß es sein!«

»Wir sind jedenfalls überzeugt davon«, sagte Wells. »Was wollen Sie jetzt unternehmen, Bonaparte?«

»Zunächst einmal«, meinte Bony, der immer noch am Boden hockte, nachdenklich, »werde ich Newton meine Kündigung überreichen. Dann werde ich zu Levvey gehen und wegen des Jobs nachfragen, den er mir angeboten hat. Ich bin überzeugt, daß sich die Person, an der ich interessiert bin, auf der Lake-Frome-Station befindet – und nicht auf Quinambie oder am Zaun. Ich werde dafür sorgen, daß meine Absicht allgemein bekannt wird, so daß alle, die befürchten, ich könne etwas entdecken, angezogen werden wie die Motten vom Licht. In der Zwischenzeit kann ich es mir allerdings nicht leisten, so faul herumzusitzen, denn das könnte jemand sehen.« Er stand mit einem Ruck auf. »Und nun, Wells, möchte ich, daß Sie das Folgende für mich erledigen...«

Als sie wieder beim Camp eintrafen, verkündete Wells, daß er sofort nach dem Essen aufbrechen werde, und es sei gewiß das Beste, wenn auch Newton gleich wieder verschwände.

»Wenn man bei diesem Stand der Dinge sieht, daß Sie Besuch haben, könnte alles verdorben werden«, meinte Wells, als er sich schließlich von Bony verabschiedete. »Besonders, wenn man mich mit Ihnen zusammen sieht. Man könnte dann glauben, ich sei einer Ihrer Vorgesetzten.«

»In Ordnung.« Bony nickte.

Newton trank seinen Tee aus und blickte fragend auf. »Es hat ja wohl keinen Sinn, wenn ich Sie frage, was diese ganze Geheimnistuerei soll?«

»Das hätte allerdings keinen Sinn«, erwiderte Bony lächelnd, während seine beiden Besucher ihre Pferde bestiegen. »Aber ich möchte die Anwesenheit eines Zeugen benützen, um Ihnen zu sagen, daß ich in diesem Augenblick meine Stellung als Fencer an diesem vermaledeiten Zaun aufkündige. Tut mir leid, daß die Kündigungsfrist derart kurz ausfällt, aber andererseits bitte ich Sie auch nicht, mir ein Zeugnis auszustellen.«

»Das hätten Sie auch gar nicht erhalten, wenn Sie mich derart sitzenlassen«, knurrte Newton. »Wie denken Sie sich das eigentlich? Wenn wir nun wieder einen Weststurm bekommen!«

»Immer Kopf hoch!« sagte Bony ungerührt. »Am Ende kommt stets alles von selbst in Ordnung. Hören Sie zu, Fred: Wenn hier alles vorbei ist, treffen wir uns in Broken Hill auf ein Bier, und dabei erzähle ich Ihnen die ganze Geschichte.«

Er blickte den beiden Männern nach, und erneut überkam ihn das Gefühl der Einsamkeit. Doch noch gab es eine Menge zu tun, noch mußte er manches gefährliche Risiko eingehen, bevor dieser Fall so weit gediehen war, daß er zur Verhaftung schreiten konnte.

Am nächsten Tag besuchte Bony Nugget.

»So, ich habe Newton den ganzen Kram hingeworfen«, erklärte er. »Ich halte es keine Minute länger an diesem verdammten Zaun aus. Daß Bohnenstange mich im Stich gelassen hat, brachte den Eimer zum Überlaufen. Jetzt ist es mir viel zu einsam hier.«

»Gute Idee, Ed«, meinte Nugget. »Ich konnte nie verstehen, daß Sie es so lange ausgehalten haben. Das war der schlimmste Abschnitt vom ganzen Zaun. Ein Mann wie Sie hat doch so was gar nicht nötig.«

Nugget schien sich in prächtiger Stimmung zu befinden.

»Ja, eine schöne Arbeit war's nicht«, erwiderte Bony. »Und die Bezahlung ist auch nicht üppig. Wahrscheinlich werde ich am Sonntagabend Levvey besuchen. Um diese Zeit ist er doch gewiß zu Hause?«

»Da habe ich keine Ahnung«, sagte Nugget. »Ich weiß überhaupt nicht viel über ihn. Warum gehen Sie nicht zu Joyce? Der könnte Levvey doch über die Funkanlage Bescheid geben, daß Sie kommen.«

»Gute Idee«, entgegnete Bony. »Vielleicht tue ich es. Übrigens – Bohnenstange ist doch noch nicht wieder aufgetaucht, oder?«

»Ich habe ihn nicht gesehen«, antwortete Nugget.

»Na schön, Nugget. Bis später.«

»Wiedersehen«, brummte Nugget.

Anschließend suchte Bony Commander a. D. Joyce auf.

»Funktioniert Ihre Funkanlage noch?« fragte er.

»Ja«, erwiderte Joyce. »Soll ich eine Meldung durchgeben?«

»Würden Sie mir wohl einen Gefallen tun?« meinte Bony. »Wenn Sie heute abend mit Levvey sprechen, dann sagen Sie ihm doch bitte, daß ich am Sonntagabend zur Lake-Frome-Station käme und ihn gern gesprochen hätte. Ich habe meine Arbeit am Zaun aufgegeben, und wie ich hörte, sucht er einen Viehhirten.«

Bony sprach sehr laut. Er hoffte, daß auch noch andere seine Worte hörten, besonders Luke, der ganz in der Nähe den Lastwagen wusch. Als Joyce mit Bony zum Gartentor ging, fügte der Mischling leise hinzu:

»Aber sonst – kein Wort. Sie verstehen?«

»In Ordnung«, versprach Joyce. »Ich sage lediglich das, was Sie mir aufgetragen haben, und kein Wort mehr. Okay?«

»So ist es.« Bony nickte.

Bony kam zu dem Schluß, daß für seinen Ausflug zur Lake-Frome-Station das Ungeheuer der ideale Begleiter sei. In dieser Gegend kannte sich das Kamel aus.

Das Ungeheuer schlug eine ruhige, stetige Gangart ein. Nachdem der Zaun und der silbern glänzende Brunnen 10 passiert waren, bewegte es sich schaukelnd über die Ebene, schien aber nicht im geringsten zu ermüden. Bony paßte gut auf, machte um jede Baumgruppe einen weiten Bogen, um nicht in unübersichtliches Gelände zu geraten. Nicht die geringste Bewegung, die Gefahr bedeutet haben könnte, wäre ihm entgangen, aber alles wirkte friedvoll. Immerhin habe ich jetzt Gelegenheit, die Richtigkeit meiner Theorie zu testen! dachte er.

Wichtig für sein Vorhaben war, daß er erst bei Dunkelheit auf dem Stammsitz der Lake-Frome-Station eintraf, Levvey aber über sein Kommen unterrichtet war. Deshalb hatte er alle Leute, von denen er annahm, daß sie mit den seltsamen Geschehnissen der letzten Wochen zu tun hatten, wissen lassen, daß er am Sonntagabend Levvey besuchen wolle.

Je näher das Ziel rückte, um so größer wurde die nervöse Spannung, die Bony gepackt hatte. Nun mußte es sich herausstellen, ob er recht oder sich die größte Blamage seines Lebens eingehandelt hatte.

Bony unterbrach seine Grübeleien und war plötzlich hellwach, als in der Ferne aus der Dämmerung die Außengebäude der Lake-Frome-Station auftauchten. Im Herrenhaus brannte Licht. Der Inspektor war jetzt noch vorsichtiger als zuvor, lauschte auf jedes Geräusch. Dem Ungeheuer waren deutliche Anzeichen von Nervosität anzumerken. Zweimal blieb das Kamel stehen und wollte keinen Schritt weitergehen. Bony versuchte es zunächst mit gutem Zureden, aber erst, als er das Tier mit den Füßen kräftig in die Flanken stieß, trottete es widerwillig weiter.

Zur Überraschung des Mischlings war in den Pferchen nicht ein einziges Rind zu sehen, und nun fiel ihm auch ein, daß er auf der ganzen fünfzig Meilen langen Strecke von Brunnen 10 bis zur Stammfarm nicht ein einziges Stück Vieh entdeckt hatte. Und das war im höchsten Maße ungewöhnlich. Sehr nachdenklich band er das Ungeheuer an einem Pfosten fest.

Wie auf den Viehfarmen üblich, ging Bony zur Hintertür, die in diesem Fall direkt in die Küche führte. Er klopfte an, und nach wenigen Sekunden öffnete Levvey. Nach dem Küchentisch zu schließen, hatten er und seine Frau gerade beim Abendessen gesessen.

»Hallo, Ed«, sagte Levvey. »Kommen Sie herein. Und du gehst mal nach nebenan«, wandte er sich an seine Frau. »Ich möchte mit Ed etwas besprechen.«

»Danke, Mr. Levvey«, erwiderte Bony. »Ich komme wegen des Jobs, den Sie mir angeboten haben. Die Arbeit am Zaun habe ich aufgegeben.«

Levvey musterte den Mischling. Plötzlich trat er zu der Tür, durch die seine Frau verschwunden war, und drehte den Schlüssel um. »Ich möchte nicht, daß wir gestört werden«, entschuldigte er sich bei Bony. »Meine Frau ist manchmal reichlich neugierig. Da muß ich immer höllisch aufpassen. Wenn sie hört, was hier gesprochen wird, erfährt es sofort ihr ganzer Stamm.«

»Verstehe«, meinte Bony. »Also, wie gesagt, ich suche Arbeit. Ich kann mit Vieh umgehen. Sollte allerdings Bohnenstange Kent hier sein, könnte ich nicht mit ihm zusammen arbeiten – das möchte ich von vornherein klären. Dieser Schuft hat sich einfach aus dem Staub gemacht und mich mit der ganzen Arbeit am Zaun sitzengelassen.«

»Tatsächlich?« murmelte Levvey. »Und haben Sie vielleicht noch mehr Theorien, was mit Maidstone passiert sein könnte? Sie machten mir doch schon einmal einige Andeutungen.«

»Ja, da habe ich schon noch ein paar Theorien«, antwortete Bony. »Wissen Sie, wenn man so ganz allein da draußen am Zaun liegt und nichts weiter sieht als die Sterne, da macht man sich so allerlei Gedanken. Ich glaube, daß Maidstone zur selben Zeit bei Brunnen zehn war, als die Viehdiebe die Rinder oder ihre Pferde dort getränkt haben. Ferner glaube ich, daß Maidstone zwei Blitzaufnahmen von den Pferden an der Tränke gemacht hat. Und dabei hat er vermutlich auch die Burschen mit aufgenommen, die auf diesen Pferden saßen. Aber anscheinend hat es jemandem gar nicht gepaßt, fotografiert worden zu sein, und da erschoß er kurzerhand Mr. Maidstone.«

Levveys Augen bildeten schmale Schlitze.

»Eine sehr interessante Theorie, Ed«, brummte er. »Für einen Fencer haben Sie sich ja gewaltig für das Schicksal dieses Maidstone interessiert. Gerüchtweise habe ich davon gehört, daß die Schwarzen auf Quinambie Sie sogar für einen Polizisten halten. Nun, hätten Sie dazu vielleicht etwas zu sagen?«

Die beiden Männer hatten sich gesetzt. Bony lehnte sich zurück, gähnte und streckte die Hände über den Kopf wobei er auf die Armbanduhr sah.

»Ich weiß nicht recht, ob man mich als Polizisten bezeichnen kann, Mr. Levvey«, erwiderte er gelassen. »Manchmal sehe ich die einfachsten Dinge nicht, obwohl sie mir direkt vor der Nase liegen. Sie haben mir da eine Menge Fragen gestellt – nun lassen Sie zur Abwechslung mich einmal etwas fragen: Wie lange sind Sie nun schon Verwalter auf der Lake-Frome-Station?«

»Ich wüßte nicht, daß Sie das etwas angeht, Ed«, meinte Levvey. »Aber ich will es Ihnen sagen. Ich bin jetzt sechs Monate hier. Nun möchte ich zu gern wissen, warum Sie, falls Sie ein Polizist sein sollten – und ich halte Sie für einen –, sich bei mir einen Job suchen möchten?«

»Nun ja«, entgegnete Bony. »Ich kannte Maidstone aus Sydney, und er erzählte mir mal, daß Sie ein guter Freund von ihm sind. Da dachte ich mir, daß er Sie doch sicher besucht hat, um zu sehen, wie es Ihnen geht.«

»Was wollen Sie damit sagen, Ed?« Levveys Stimme klang heiser, und während er sprach, erhob er sich langsam von seinem Stuhl.

»Nur dies«, erläuterte Bony. »Joyce hatte Sie per Funk davon verständigt, daß Maidstone Ihrer Einladung Folge leisten und Sie auf der Lake-Frome-Station besuchen würde. Nun ist es eine etwas seltsame Erwiderung der Gastfreundschaft, die er Ihnen in Collaroy gewährt hatte, jemanden loszuschicken und ihn erschießen zu lassen. O nein! Davon lassen Sie gefälligst die Finger!« rief Bony, als Levvey nach einem in der Ecke stehenden Gewehr langen wollte, und zog gleichzeitig den Revolver. »Nun setzen Sie sich schön wieder hin, Mr. Levvey, damit wir unsre interessante Unterhaltung fortsetzen können.«

»Ich glaube kaum, daß wir uns noch lange unterhalten werden«, sagte Levvey. »Schauen Sie sich einmal um.«

»Das ist ein uralter Trick«, spöttelte Bony. »Ich persönlich bin noch nie darauf hereingefallen.«

»Diesmal würde ich aber doch darauf hereinfallen, Sie oberkluger Polizist!« vernahm Bony eine Stimme in seinem Rücken.

Es war Nugget.

»Jetzt werfen Sie den Revolver weg«, fuhr der Schwarze fort. »Er nützt Ihnen nichts mehr. Sehen Sie, ich habe nämlich immer noch meine Winchester.«

Bony streckte langsam die Hand aus, ließ den Revolver auf den Boden fallen und hob die Hände.

»Da haben Sie mir eine feine Falle gestellt«, murmelte er.

»Allerdings haben wir Ihnen eine Falle gestellt«, spöttelte Levvey. »Und Sie sind auch prompt hineingegangen. Jetzt werden wir Ihnen sogar zeigen, wo der echte Jack Levvey begraben liegt. Vielleicht schaufeln wir daneben noch ein zweites Grab. Möglicherweise stellen wir sogar ein schönes kleines Kreuz darauf – zum Gedächtnis an einen Polizisten, der sich für schrecklich klug hielt.«

»Ich weiß bis jetzt noch nicht, was hier eigentlich vorgegangen ist«, sagte Bony. »Vermutlich haben Sie zusammen mit Nugget die Viehdiebstähle organisiert?«

»Da haben Sie ausnahmsweise recht«, antwortete Levvey. »Wer arbeitet schon für ein paar lausige Pfund hier im tiefsten Innern Australiens! Schlachtvieh läßt sich überall verkaufen. Kein Mensch stellt Fragen. Zwanzig Pfund erhält man pro Stück. Die letzten beiden Herden, die wir hier durchgeschleust haben, bestanden aus dreihundert Rindern. Dreihundert Rinder zu je zwanzig Pfund. Rechnen Sie sich mal den Gewinn aus! Noch ein paar Monate, dann konnten wir hier verschwinden. Dann sollte man sich ruhig den Kopf zerbrechen, was hier eigentlich vorgegangen ist.«

»Wie haben Sie Levvey aus dem Weg geräumt?« fragte Inspektor Bonaparte.

»Er verunglückte auf dem Weg nach hier«, erwiderte Nugget. »Jemand jagte Känguruhs und erschoß ihn versehentlich.«

»Sie irren sich, wenn Sie glauben, daß ich jemanden losgeschickt hätte mit dem Auftrag, Maidstone zu erschießen«, erklärte der Mann, der unter dem Namen Levvey auf der Lake-

Frome-Station lebte. »Maidstone hat sich selbst umgebracht. Gewiß er hat Nugget und mich fotografiert, als wir die Pferde tränkten. Aber das wäre nicht weiter tragisch gewesen. Doch als ich mich als Levvey vorstellte, mußte er seinen großen Mund aufreißen. ›Sie sind nicht Levvey‹, sagte er. ›Ich habe Levvey in Collaroy kennengelernt‹. Da blieb uns keine andere Wahl als ihn aus dem Weg zu räumen. Und wenn wir nun auch noch Sie beseitigt haben, weiß kein Mensch etwas. Außerdem werden wir nicht mehr lange hier sein.«

»Hat sonst noch jemand mit Ihnen unter einer Decke gesteckt?« wollte Bony wissen. »Zum Beispiel Bohnenstange Kent?«

»Das ist aber dann die letzte Frage«, brummte der angebliche Jack Levvey. »Die Nacht geht schließlich auch einmal zu Ende. Die Antwort lautet: Nein. Nur wir zwei haben uns in den Ertrag geteilt. Bohnenstange hatte die Arbeit am Zaun satt und erhielt von uns ein paar Pfund für die kleine Gefälligkeit, Sie von Ihrem Zaunabschnitt wegzulocken. Außerdem wollte er gern zu Nuggets Familie gehören. Nugget hat ihm erzählt, das Ganze sei nur ein Scherz, um einem überklugen Polizisten zu zeigen, was für ein Trottel er in Wirklichkeit ist. Nein, die Sache habe ich allein mit Nugget ausgetüftelt. Und Nugget hat die Arbeit am Zaun nur angenommen, um jederzeit zur Stelle zu sein. Nugget hat auf die Eingeborenen einen großen Einfluß, er gehört ja selbst zum Stamm. Ganz gleich, wer den Verwalterposten erhielt – niemand hier in der Gegend würde ihn kennen. Wir hatten also auf jeden Fall sechs Monate Zeit, bevor man von mir erwartet hätte, daß ich Urlaub nahm oder detaillierte Berichte an die Viehzuchtgesellschaft schickte. Wir haben uns, wie gesagt, in alles geteilt – höchstens, daß Nugget vernarrt ist in Gewehre und deshalb die Schießerei erledigt hat. Und nun wird er erneut Gelegenheit haben, seinen geliebten Sport auszuüben. Stimmt's, Nugget?«

»Sie bringen sich nur noch tiefer ins Unglück«, beschwor Bony die beiden. »Sie wissen genau, daß Sie nicht ungeschoren davonkommen.«

»Wir benötigen ja keinen großen Vorsprung. Wir wollen nur noch die Rinder verkaufen, die wir uns aus Quinambie besorgt haben, dann verschwinden wir.«

Etwas mußte schiefgegangen sein. Bony bemühte sich verzweifelt, Zeit zu gewinnen.

»Sie sollten sich alles noch einmal gründlich überlegen, bevor Sie es später schwer bereuen. Selbst wenn es Ihnen gelingen sollte, ins Ausland zu entkommen – bei der Ermordung eines Polizeibeamten werden Sie auf jeden Fall ausgeliefert.«

»Machen Sie sich um uns keine Sorgen«, erwiderte Levvey sarkastisch. »Dazu muß man uns erst einmal finden.«

Bony hatte das Gefühl, sich früher schon in gefährlicheren Situationen befunden zu haben, konnte sich aber im Moment nicht erinnern, wann das gewesen war. Vor lauter Tatendrang hatte er die Möglichkeit außer acht gelassen, daß auch der bestdurchdachte Plan durch einen unvorhergesehenen Zwischenfall schiefgehen kann.

»Los – 'raus jetzt!« befahl Nugget barsch.

Bony setzte sich in Bewegung, trat durch die Tür hinaus ins Freie. Nugget und Levvey folgten ihm. Nach zwanzig Metern blieb Bony stehen; er wußte offensichtlich nicht recht, in welche Richtung er weitergehen sollte.

»Los – weiter!« Nugget stieß Bony den Gewehrlauf in den Rücken.

In diesem Augenblick überstürzten sich die Ereignisse. Der

Inspektor spürte einen flüchtigen, aber kräftigen Schlag gegen die linke Schulter und lag auch schon der Länge nach am Boden. Nugget, der unmittelbar folgte, wurde mit voller Gewalt getroffen und mit großer Wucht zu Boden geschleudert, wobei das Gewehr in hohem Bogen davonflog. Bony stützte sich auf die Ellbogen und sah sich vorsichtig um. In dem Lichtschein, der aus der offenen Küchentür fiel, erblickte er Levvey. Mit langen Schritten spurtete der Mann auf die rettende Tür zu, dicht gefolgt von einem riesigen Schatten, der ein wütendes Brüllen vernehmen ließ. Jetzt begriff Bony, was geschehen war. Entweder hatte er das Ungeheuer nicht fest genug angebunden, oder es hatte sich selbst befreit und lief nun Amok. Mit vorgestrecktem Kopf und weit aufgerissenem Maul, den Brüllsack in voller Länge ausgestoßen, bestürmte das Ungeheuer die Tür, durch die sich Levvey im letzten Moment hatte retten können.

Kräftige Hände packten Bony und stellten ihn auf die Beine.

»Tut mir leid, daß wir uns etwas verspätet haben«, sagte Wells. »Wir sind vom Weg abgekommen und gerieten in Treibsand. Was geht hier eigentlich vor?«

»Rasch!« rief Bony. »Da liegt Nugget. Nehmt ihn fest, und dann zum Vordereingang vom Haus!«

Zwei Wachtmeister tauchten aus der Dunkelheit auf und packten den halb bewußtlosen Nugget, rissen ihn in die Höhe. Sie schoben den Schwarzen vor sich her und machten sich auf den Weg zum Vordereingang des Herrenhauses. Die übrigen Beamten folgten. In der Halle kauerte eine sehr verängstigte Mrs. Levvey.

»Bleiben Sie mit Nugget hier bei Mrs. Levvey!« befahl Bony den Wachtmeistern.

Nach wenigen Sekunden hatten sie die Tür gefunden, die in die Küche führte. Sie war immer noch verschlossen, widerstand aber nicht lange dem gemeinsamen Ansturm von Bony und Wells.

Ein höchst seltsamer Anblick bot sich ihren Augen. Levvey hatte sich hinter den Küchenschrank gequetscht. Er war noch immer so verstört, daß er überhaupt nicht daran gedacht hatte, die Tür aufzuschließen und im Innern des Hauses Zuflucht zu suchen.

Das Ungeheuer füllte mit seinem breiten Gestell den ganze Türrahmen aus, konnte sich aber natürlich nicht hindurchzwängen. Immerhin kam es mit dem Kopf bis zum Tisch, und nun fraß es seelenruhig das halbe Brot, das vom Abendessen übriggeblieben war.

Erst nachdem Levvey und Nugget Handschellen angelegt erhalten hatten und das Ungeheuer in einem Pferdestall so sicher untergebracht worden war, daß es nicht wieder ausbrechen konnte, äußerte Bony seinen Mißmut.

»Sie sind sehr spät gekommen«, knurrte er Wells an. »Es hätte nicht viel gefehlt, und Sie hätten an meinem Begräbnis teilnehmen können!«

Wells machte ein besorgtes Gesicht.

»Ich versuchte es Ihnen ja vorhin schon zu erklären«, stammelte er. »Der Weg war schlecht zu erkennen. Wir kamen vom Buschpfad ab und gerieten in Treibsand. Der Wagen sitzt restlos fest. Die letzten paar Meilen mußten wir zu Fuß zurücklegen.«

Bony blickte ihn scharf an. »Ich dachte schon, ich hätte das Rumpeln eines fernen Gewitters gehört. Es war also lediglich das Getrampel von sechs Paar Polizistenstiefeln!«

Wells grinste erleichtert. Gott sei Dank nahm Inspektor

Bonaparte die Panne, die um ein Haar böse Folgen gehabt hätte, mit Humor.

Bony wandte sich an den Wachtmeister, der eintrat.

»Levvey und Nugget sind streng zu bewachen. Sie dürfen keinen Moment aus den Augen gelassen werden«, sagte er. »Ich traue den Eingeborenen nicht, die hier in der Gegend leben. Wir bleiben über Nacht hier und brechen morgen früh auf. Für die Bewachung werden wir uns ablösen.«

»Jawohl Inspektor«, erwiderte der Wachtmeister. »Und wann soll ich das Kamel erschießen?«

»Was wollen Sie?« fragte Bony entgeistert.

»Das Kamel erschießen«, wiederholte der Wachtmeister.

Bony schien es die Sprache verschlagen zu haben, denn er stand mit offenem Mund da und brachte kein Wort heraus.

»Ich habe dem Chefinspektor von dem Ungeheuer erzählt«, erklärte Wells. »Er hatte bereits wiederholt von diesem Kamel gehört, auch von der Geschichte, wie Sie und Luke die ganze Nacht auf dem Baum hocken mußten. Da das Tier gemeingefährlich ist, soll es erschossen werden.«

»Dieses Kamel hat mir vermutlich das Leben gerettet. Wenn der Chefinspektor unbedingt möchte, daß es getötet wird, soll er es gefälligst selbst erschießen!«

Wells und der Wachtmeister wechselten einen kurzen Blick, dann zwinkerte Wells Bony zu.

»Bis morgen früh ist es auf jeden Fall sicher«, sagte er. »Und nun ruhen Sie sich am besten erst einmal aus. Ich übernehme die erste Wache bei den Gefangenen.«

Kurz vor Tagesanbruch wachte Bony auf. Noch einmal ließ er die Ereignisse des Vorabends Revue passieren. Plötzlich zog er sich hastig die Stiefel an und ging leise hinaus. Als ihn der Wachtmeister um sechs Uhr weckte, war er wieder zurück und schien fest zu schlafen.

Nach dem Frühstück rüsteten sie zum Aufbruch. Der im Treibsand steckengebliebene Lastwagen wurde von einem Wachtmeister mit Unterstützung einiger Farmarbeiter wieder flottgemacht. Wells wartete geduldig, bis Bony einmal nicht in der Nähe war, dann gab er einem der Wachtmeister leise einen Befehl. Der Mann holte sein Gewehr und verschwand. Im nächsten Moment war er verblüffend schnell wieder zurück.

»Das Kamel ist verschwunden«, rief er aufgeregt. »Auch das Tor des Pferchs steht offen. Das Kamel ist nirgends zu sehen.«

»Komisch«, murmelte Bony. »Da muß es von einem der Eingeborenen, die hier wohnen, freigelassen worden sein.«

»Hm!« Wells blickte Bony durchdringend an. »Der Chefinspektor wird sich gewiß interessieren, wie die Geschichte meines Erachtens wirklich passiert ist.«

»Ach, ich weiß nicht«, meinte Bony gelassen. »Warum wollen Sie ihm unnötige Aufregung bereiten. Sehen Sie: Ich werde ja auch nicht erwähnen, daß der Staat um ein Haar durch Ihre Schuld meiner Frau hätte Witwenpension zahlen müssen.«

18

Drei Wochen später traf sich Bony mit Newton in Broken Hill. Levvey und Nugget waren des gemeinsamen Mordes angeklagt worden und befanden sich in Untersuchungshaft.

Bohnenstange Kent hatte – dessen war Inspektor Bonaparte sicher – mit der ganzen Affäre nichts zu tun. Er hatte Bony lediglich an einen anderen Zaunabschnitt gelockt.

Bei dem größten Teil des gestohlenen Viehs hatte man die Käufer ausfindig machen können. Diejenigen, die die Rinder noch nicht geschlachtet hatten, mußten zu ihrer Überraschung hören, daß sie keinerlei Eigentumsrechte erworben hatten, da es sich um gestohlenes Gut handelte.

Joyce hatte veranlaßt, daß das ihm gestohlene Vieh sofort an Ort und Stelle verkauft wurde, damit die Herde nicht nach Quinambie zurückgetrieben werden mußte. Doch bevor sich der Commander nach Süden auf den Weg machte, nahmen er und Bony Häuptling Moses und die männlichen Stammesangehörigen scharf ins Gebet. Daraufhin hatten sich die Schwarzen von Quinambie überstürzt in unbekannter Richtung entfernt.

Bony hatte zunächst erwogen, Luke und Charlie den Spinner der Teilnahme an der Ermordung Maidstones zu bezichtigen, hatte aber dann davon abgesehen. Die Ermittlungen hatten ergeben, daß Nugget sich die Hilfe des Stammes dadurch erkauft hatte, indem er die Schwarzen mit Tabak, Gewehren und Geld versorgt hatte, womit sie sich bei dem syrischen Hausierer kaufen konnten, was ihr Herz begehrte. Nugget war allerdings zu schlau gewesen, die Abos mit Alkohol zu versorgen, denn er wußte genau, daß dieses unweigerlich zu Beschwerden geführt und damit das Amt für Eingeborenenfürsorge auf den Plan gerufen hätte. Ferner hatte sich herausgestellt, daß Nugget der Schwiegersohn von Old Moses war und die Angriffe auf Bony angestiftet hatte.

Newton bestellte zwei Glas Bier und führte Bony zu einem Tisch in einer stillen Ecke der Hotelhalle, wo sich die beiden Männer verabredet hatten.

»So, mein Lieber«, sagte der Zaunwart. »Abgesehen von meiner angeborenen Neugier – Sie schulden mir auch so eine Menge. Allein schon, weil ich Sie – einen völlig unerfahrenen Menschen! – an den wichtigsten Abschnitt meines Zauns gelassen habe. Ob ich dort jemals wieder Ordnung schaffen kann, weiß der liebe Gott. Dafür möchte ich nun wenigstens die ganze Geschichte hören, von Anfang an!«

»Nun, eigentlich dürfte ich vor der Gerichtsverhandlung nicht darüber sprechen«, meinte Bony. »Andererseits stehe ich tief in Ihrer Schuld. Aber ich muß Sie bitten, alles, was ich Ihnen jetzt erzähle, sofort wieder zu vergessen. Schließlich muß vor Gericht erst noch der Beweis geführt werden.«

Die beiden Männer hoben die Gläser und tranken.

»Zunächst einmal heißt Levvey in Wirklichkeit Graham. Er stand im Verdacht, in der Riverina in Neusüdwales Vieh gestohlen zu haben. Doch bevor man ihm etwas beweisen konnte, war er aus Neusüdwales verschwunden. Er hatte es vorgezogen, im Innern von Australien unterzutauchen. Schon bald fand er heraus, daß er völlig unauffindbar war, wenn er mit einem Eingeborenenstamm zusammen lebte. Er wählte sich schließlich den Stamm aus, der auf dem Gebiet von Quinambie wohnt, sich damals aber noch in einer anderen Gegend aufhielt. Er nahm sich eine Lubra zur Frau, und während er unter den Abos lebte, lernte er Nugget kennen. Nugget wußte über die Lake-Frome-Station gut Bescheid, denn er war als wandernder Farmarbeiter viel herumgekommen. Deshalb war ihm auch bekannt, daß Commander Joyce überhaupt keine Erfahrung in der Viehzucht hatte. Nugget erzählte Levvey, wie völlig einsam die Lake-Frome-Station gelegen war. Er hatte auch schon herausgefunden, daß der Verwalter dieser Rinderfarm völlig freie Hand hatte. Da kam

Levvey auf die Idee, daß er hier das Geschäft seines Lebens machen könnte.«

»Levvey – oder besser: Graham muß ein sehr guter Organisator sein. Schließlich hat er alles gründlich vorbereitet.«

»Allerdings«, pflichtete Bony bei. »Aber nennen wir ihn ruhig auch weiterhin Levvey. Das ist einfacher. Zunächst einmal machte er sich den Umstand zunutze, daß im Gebiet des Lake Frome ein wildes Kamel lebte. Er sorgte dafür, daß die tollsten Geschichten über das ›Ungeheuer vom Lake Frome‹ in Umlauf kamen; denn auf diese Weise wagten sich nur die Schwarzen in diese Gegend, die er dort haben wollte und denen er trauen konnte. Je weniger Leute in die Nähe des Lake Frome kamen, um so besser. So wurde das Märchen über das Ungeheuer immer mehr aufgebauscht, bis sich kein Abo eines anderen Stammes mehr in diese Gegend wagte und auch die wenigen Weißen das Gebiet nur bei Tage und mit äußerster Vorsicht durchquerten.«

»Genau betrachtet, war die Idee doch reichlich kühn«, meinte Newton. »Wie konnte Levvey sich einbilden, sich als neuer Verwalter ausgeben zu können, ohne daß jemand etwas merkte?«

»Sie müssen bedenken, daß kein Mensch den neuen Verwalter kannte«, widersprach Bony. »Außerdem wußte Levvey, wie man eine Rinderfarm leitet, und er verstand mit Vieh umzugehen. Leider gab es keine andere Möglichkeit, den richtigen Verwalter aus dem Weg zu räumen, als ihn zu töten. Nugget hatte nicht die geringsten Skrupel, den Mord auszuführen. Levvey brauchte nichts weiter zu tun, als zur selben Zeit aufzukreuzen und sich bei seinem Nachbar als der neue Verwalter vorzustellen. Lange zuvor schon hatten sich die Abos auf dem Gebiet von Quinambie häuslich niedergelassen und in der neuen Umgebung eingelebt. Nugget hatte sich um eine Stelle als Fencer bemüht, und als Levvey dann schließlich als der neue Verwalter auftauchte, taten sie so, als hätten sie sich vorher noch nie gesehen. Das Spiel konnte beginnen! Lange konnte die Geschichte nicht gutgehen, denn zweifellos mußte sich ja jemand nach dem wirklichen Levvey erkundigen, weil der keinerlei Lebenszeichen gab. Doch das Glück wollte es, daß er nicht verheiratet war und auch keine nahen Verwandten hatte. Die auf der Viehstation anfallenden Arbeiten konnte Levvey ohne Schwierigkeiten erledigen. Auf der Schreibmaschine tippte er die üblichen kurzen Berichte. Durchschläge des bisherigen Schriftverkehrs fand er im Büro. Die Leute von der Viehzuchtgesellschaft schöpften auch keinerlei Verdacht. Unglücklicherweise mußte Eric Maidstone in dieser gottverlassenen Gegend auftauchen, weil ihm der richtige Levvey gesagt hatte, daß er die Lake-Frome-Station übernehmen würde. Als Joyce während des gewohnten abendlichen Gesprächs durch die Funkanlage mitteilte, daß sich Besuch angesagt habe, muß diese Nachricht auf Levvey wie eine Bombe gewirkt haben. Maidstone kannte nicht nur den richtigen Levvey, er war auch bereits auf dem Weg zum Lake Frome. Levvey und Nugget beratschlagten und kamen zu dem Schluß daß es das beste sei, wenn Levvey ganz einfach nicht zu Hause wäre. Sie beschlossen, die Gelegenheit zu benützen und Vieh zu stehlen. Natürlich nahmen sie an, daß Maidstone zu der fraglichen Zeit Brunnen zehn längst passiert hätte. Doch der Zufall wollte es, daß sie dort nicht nur mit dem Lehrer zusammentrafen – nein, Maidstone machte auch noch zwei gute Blitzaufnahmen von Levvey und Nugget am Brunnensee. Und auf diesen Bildern waren auch noch die Rinder von Joyce zu sehen! Nachdem die beiden das Vieh weitergetrieben hatten, faßten sie offensichtlich den Entschluß, Maidstone aus dem Weg zu räumen. Nugget kehrte um und erschoß ihn.«

»Trotzdem!« gab Newton zu bedenken. »Die beiden müssen verrückt sein, wenn sie sich eingebildet haben, ungeschoren davonzukommen.«

»Nun ja.« Bony zuckte die Achseln. »Immerhin verdienten sie ganz schön bei diesem Geschäft. Nur noch kurze Zeit, dann hatte Levvey genug, um ins Ausland gehen zu können. Bedenken Sie bitte, daß auf Nugget durchaus kein Verdacht gefallen wäre. Er hätte noch einige Monate am Zaun gearbeitet, um keinen Argwohn zu erwecken, und dann wäre er ganz einfach weitergezogen. Sie haben ja selbst gesehen: Viel hätte nicht gefehlt, und der Plan der beiden hätte geklappt.«

»Gewiß, das ist mir schon klar«, sagte Newton. »Aber wie haben Sie das alles herausgefunden?«

»Nun ja«, erklärte Bony. »Es wurde mir klar, daß Maidstone zur gleichen Zeit am Brunnen zehn gewesen sein mußte wie die Viehdiebe. Und obwohl er zwei Blitzlampen benützt hatte, fehlte der Film mit den entsprechenden Aufnahmen. Joyce brachte mich dann auf die richtige Spur, als er erwähnte, daß Maidstone davon gesprochen habe, Levvey zu kennen. Überdies stellte ich fest, daß Nugget und Levvey offenbar gut befreundet waren. Nugget war der einzige, der genügend Einfluß auf die Abos von Quinambie ausüben konnte, um sie gegen mich aufzuhetzen. Und allein Nugget konnte den Schwarzen Informationen über meine Tätigkeit am Zaun gegeben haben. Es war auch nicht zu übersehen, daß er mit Levvey ausführlich über mich gesprochen haben mußte. Dann der Zeitpunkt, zu dem Levvey mir einen Job anbot – unmöglich, daß es sich hier noch um einen Zufall handeln konnte! Sie merkten, daß ich ihnen auf die Schliche kam. Und nachdem sie bereits zwei Menschen umgebracht hatten, kam es auf einen weiteren Mord nicht mehr an.«

»Als Sie sich damals mit Inspektor Wells am Zaun unterhielten, während ich das Essen kochte, haben Sie gewiß die Operation auf der Lake-Frome-Station besprochen?«

»Ganz recht«, erwiderte Bony. »Aber Wells geriet mit dem Wagen in Treibsand, und wenn das Ungeheuer nicht wie die Nemesis dazwischengefahren wäre, könnte ich vielleicht heute nicht in aller Ruhe mit Ihnen ein Bier trinken.«

»Ich verstehe nur nicht, wieso sich das Ungeheuer lange Zeit völlig normal benimmt und dann urplötzlich Amok läuft«, meinte Newton. »Jedesmal, wenn ich Sie besucht habe, war das Tier doch sanft und gehorsam.«

»Da habe ich so meine Theorie«, antwortete Bony. »Ich traue Nugget und Levvey ohne weiteres zu, daß sie das Kamel eingefangen und gequält haben, um aus ihm das bösartige Ungeheuer zu machen, mit dem sie sich jeden unerwünschten Besucher vom Hals zu halten hofften. Sie wissen ja, daß das Ungeheuer vor allem auf die Eingeborenen und Mischlinge losging – erst auf Luke, dann auf Nugget. Es wurde auch regelmäßig unruhig und nervös, sobald Nugget in die Nähe kam. Ich nehme deshalb an, daß Nugget das Kamel vorsätzlich gequält hat. Der Polizeichef von Broken Hill war ein wenig verschnupft, als er erfuhr, daß das Ungeheuer immer noch die Gegend unsicher macht. Sie haben vermutlich schon davon gehört, daß es auf unerklärliche Weise entwichen ist?«

Bony musterte Newton mit Unschuldsmiene.

Newton trank einen Schluck Bier und verschluckte sich. Er wollte etwas sagen, überlegte es sich aber anders und leerte sein Glas. Bony schenkte sofort nach.

»Und nun möchte ich Ihnen noch etwas anvertrauen, über das Sie sich gewiß freuen werden«, fuhr Bony fort. »Ich hatte gefürchtet, den Sand von Ihrem vermaledeiten Zaun ewig im Mund zu behalten. Und die abscheulichen Weststürme hatten meine Kehle derartig ausgedörrt, daß ich glaubte, bis an mein Lebensende so herumlaufen zu müssen. Doch seit wir uns hier an den Tisch gesetzt haben, ist meine Kehle bereits nicht mehr so trocken, und auch der Sand zwischen meinen Zähnen ist weniger geworden.«

Newton grinste und hob sein Glas. »Darauf wollen wir anstoßen: auf den schönsten Grenzzaun im australischen Busch und auf das Ungeheuer vom Lake Frome!«

GOLDMANN

Robert Littell

Für die Anhänger anspruchsvoller Spionageromane ist Robert Littell längst kein Unbekannter mehr. Stilistisch ausgefeilt, voller Ironie und einer Prise schwarzen Humors entwickelten sich seine Bücher zum heißen Tip unter Insidern.

Spion im Spiegel 41242

Der Töpfer 9143

Roter Winter 9906

Eine höllische Karriere 8865

Goldmann · Der Taschenbuch-Verlag